Petits Classiques
LAROUSSE

Collection fondée par Félix Guirand,
Agrégé des Lettres

W9-BOK-813

Candide
ou l'Optimisme

Voltaire

Conte philosophique

Édition présentée,
annotée et commentée
par Yves BOMATI,
docteur ès lettres et sciences humaines

© Éditions Larousse 2007
ISBN : 978-2-03-586601-1

SOMMAIRE

Avant d'aborder l'œuvre

Candide ou l'optimisme

Voltaire

Pour approfondir

AVANT D'ABORDER
L'ŒUVRE

Fiche d'identité de l'auteur

Voltaire

Nom : François Marie Arouet, dit Voltaire.

Naissance : 21 novembre 1694 à Paris.

Famille : bourgeoisie aisée. Son père est notaire. Il perd sa mère à sept ans.

Formation : brillantes études au collège jésuite Louis-le-Grand. Études de droit. Fréquentation des salons mondains et libertins.

Début de carrière : premiers poèmes légers. Écrits satiriques contre le Régent. Onze mois de prison à la Bastille (1717). Grand succès d'*Œdipe* (tragédie) ;

il prend le nom « Voltaire ». Querelle avec le chevalier de Rohan (1726). Emprisonnement. Exil en Angleterre : découverte de Shakespeare, Newton et Locke. *La Henriade* (poème épique, 1728).

Premiers succès : retour discret en France. Succès de *Brutus* (tragédie, 1730). *Lettres philosophiques* (1734). Mandat d'arrêt et fuite en Lorraine, à Cirey. *Le Mondain* (poème satirique, 1736). Fuite aux Pays-Bas. Rappel à la cour de France.

Évolution de la carrière littéraire : historiographe du roi (1745), élu à l'Académie française (1746). *Zadig* (1748). Voltaire à la cour de Frédéric II de Prusse (1750-1753). *Le Siècle de Louis XIV* (1751) et *Micromégas* (1752). Participation à la rédaction de l'*Encyclopédie*. Installation aux Délices à Genève (1755). *Poème sur le désastre de Lisbonne* (1756), *Candide* (1759).

Dernière partie de carrière : engagement total dans le combat philosophique. *Traité sur la tolérance* (1763), *Dictionnaire philosophique portatif* (1764), *L'Ingénu* (1767). Réhabilitation du protestant Jean Calas (1765). Retour triomphal à Paris le 10 février 1778.

Mort : le 30 mai 1778, à Paris.

Portrait de Voltaire attribué à Antoine Vestier.

Repères chronologiques

Vie et œuvre de Voltaire	Événements politiques et culturels
1694 Naissance de François Marie Arouet à Paris le 21 novembre.	**1638** Début du règne de Louis XIV (jusqu'en 1715).
1701 Mort de sa mère.	**1709** Destruction de Port-Royal.
1704 Élève au collège Louis-le-Grand.	**1712** Naissance de Rousseau.
1711 Engage des études de droit.	**1713** Naissance de Diderot.
1713 Fait scandale pour son libertinage.	**1715** Louis XV (1710-1774), roi de France.
1716 En prison à la Bastille.	**1715** Philippe d'Orléans (1674-1723), régent du royaume de France jusqu'à la majorité du roi (13 ans).
1718 *Œdipe* (première tragédie). Prend le nom de Voltaire.	**1721** Montesquieu, *Les Lettres persanes*.
1726 Querelle avec le duc de Rohan. Bastonnade. Exil en Angleterre.	**1740** Frédéric II, roi de Prusse (1712-1786).
1728 *La Henriade*, publiée à Londres.	**1741** Marivaux, *La Vie de Marianne*.
1729 Spéculations financières.	**1748** Montesquieu, *L'Esprit des lois*.
1733 Liaison de 6 années avec Mme du Châtelet.	**1750** Rousseau, *Discours sur les sciences et les arts*.
1734 *Lettres philosophiques*. Installation au château de Cirey (Lorraine).	**1751** Premier volume de l'*Encyclopédie*.
1736 *Le Mondain*, poème satirique. Fuite aux Pays-Bas.	**1755** Rousseau, *Discours sur l'inégalité*. Tremblement de terre de Lisbonne.
1744 Rappel à la cour de France. Mme Denis, sa nièce, devient sa maîtresse.	**1756** La guerre de Sept Ans oppose la Prusse, l'Angleterre et Hanovre à l'Autriche, la France, la Russie,

Vie et œuvre de Voltaire	Événements politiques et culturels
1745 Historiographe du roi.	la Saxe, puis l'Espagne et la Suède. Traité de Paris (1763).
1746 Élection à l'Académie française, puis disgrâce (1747).	**1757** Article « Genève », de l'*Encyclopédie*.
1748 *Zadig*, premier conte philosophique publié.	**1759** L'*Encyclopédie* condamnée et suspendue.
1749 Mort de Mme du Châtelet.	**1760** Diderot, *La Religieuse*.
1750 À la cour de Frédéric II de Prusse pour 3 ans.	**1761** Rousseau, *La Nouvelle Héloïse*.
1751 *Le Siècle de Louis XIV*.	**1762** Rousseau, *Émile* ; le *Contrat social* ; *Lettres à Malesherbes*. Jean Calas est écartelé à Toulouse.
1752 *Micromégas*.	**1765** Derniers volumes de l'*Encyclopédie*. Suppression des Jésuites par le Parlement.
1755 Installation aux Délices, près de Genève.	**1766** Décapitation du chevalier de La Barre.
1756 *Poème sur le désastre de Lisbonne*.	**1770** Rousseau, fin de la rédaction des *Confessions*.
1759 **Candide ou l'Optimisme.**	**1771** Maupeou supprime les parlements.
1760 Achat de Ferney et Tourney, sur la frontière franco-suisse.	**1774** Mort de Louis XV. Louis XVI (1754-1793), roi de France.
1763 *Traité sur la tolérance*.	**1774** Louis XVI rappelle les parlements.
1764 *Dictionnaire philosophique portatif*.	**1776** Réformes de Turgot.
1765 Réhabilitation du protestant Calas.	**1778** Rousseau, *Les Rêveries du promeneur solitaire*.
1778 Retour triomphal à Paris le 10 février. **Mort le 30 mai.**	

Fiche d'identité de l'œuvre

Candide ou l'Optimisme

Genre : conte philosophique.

Auteur : Voltaire, XVIII^e siècle.

Objets d'étude : le conte philosophique ; un mouvement d'histoire littéraire :

les Lumières ; le narratif ; le roman ; la délibération et l'apologue ; l'argumentation.

Registres : polémique, comique, pathétique, ironique, satirique, didactique.

Structure : trente chapitres.

Forme : récit en prose.

Principaux personnages : Candide, Cunégonde, Pangloss, Martin, Cacambo, la vieille, frère Giroflée.

Sujet : Candide, disciple de Pangloss, amoureux de Cunégonde, est mis à la porte du château. Enrôlé et maltraité par les Bulgares, déserteur, il s'enfuit en Hollande où il retrouve son maître. Partis pour Lisbonne lors du tremblement de terre, condamnés par l'Inquisition, Pangloss est pendu et Candide fessé. Cunégonde qu'on croyait morte, accompagnée de « la vieille », retrouve Candide. Ils s'embarquent pour Buenos Aires où le gouverneur s'éprend de Cunégonde. Candide s'enfuit avec son valet Cacambo. Après des aventures dans les Missions jésuites du Paraguay, il découvre l'El Dorado, d'où il repart, chargé de pierreries et d'or, pour retrouver Cunégonde, rachetée par Cacambo et ramenée en Europe. À Constantinople, il se marie avec Cunégonde, devenue laide et acariâtre. Partagé entre l'ennui et l'inquiétude, il achète une métairie.

Publication du conte : publié anonymement le 15 janvier 1759, il connaît vingt éditions ou réimpressions, une traduction italienne et trois anglaises dès 1759. Il est révisé en 1761, en particulier le chapitre 22.

Page de titre de *Candide*.
Illustration de Prouvost.

L'œuvre dans son siècle

Le cas Candide

Candide n'est pas un ouvrage de jeunesse. Voltaire a 64 ans lorsqu'il paraît. Il n'en est cependant pas à son coup d'essai : *Zadig* en 1748 puis *Micromégas* en 1752 ont ouvert avec succès la voie d'une certaine vulgarisation de l'esprit philosophique. Certes, le genre du conte reste mineur à ses yeux par rapport à l'intérêt qu'il porte à la tragédie et à l'épopée. Il ne sait d'ailleurs comment appeler « cette coïonnerie » : « petit roman », « espèce de petit roman » ? Les éditeurs trancheront en rassemblant l'ensemble sous le titre flou de *Contes et romans*.

Au fond est-ce bien important ? Le but de Voltaire est avant tout de faire avancer ses idées, en les imageant s'il le faut, en les détachant des débats de salon afin que chacun – dans la mesure où il sait lire – puisse goûter à l'art de philosopher sans le savoir.

Peut-être son passé de mondain, de courtisan, de coureur de pensions royales, aiguisé par l'âge qui vient, lui donne-t-il l'audace de paraître futile alors qu'il est si sérieux ? Un bon choix, car qui lit aujourd'hui *Le Siècle de Louis XIV*, qui demanda pourtant tant d'années de travail à l'historien politique Voltaire ? Peu de gens, en comparaison avec la moisson des lecteurs qui, de son temps et aujourd'hui encore, s'intéressèrent et s'intéressent aux pérégrinations initiatiques d'un jeune homme qui, par-delà ses fantaisies et ses aventures « surréalistes », nous ressemble tant.

L'alchimie de cette réussite tient à plusieurs ingrédients. L'œuvre est une réponse à une situation contemporaine de l'auteur en même temps qu'elle dépasse l'éphémère.

Candide, *un moment charnière de la vie de* Voltaire

Voltaire est riche. Installé dans sa propriété des Délices, il s'apprête à acheter le domaine de Ferney lorsque l'œuvre paraît. Le futur domaine aura cet avantage sur ses autres ermitages d'être à cheval sur la frontière franco-suisse. Finies les pressions des protestants genevois, choqués entre autres par ses représentations théâtrales ou par l'article qu'il a inspiré dans l'*Encyclopédie* à son ami d'Alembert sur leur ville ; finie aussi cette dépendance envers les

Grands de ce monde, incapables de comprendre que l'esprit libre ne n'apprivoise pas, même s'il se prête parfois. L'agronome Voltaire est proche de son rêve : un royaume à lui où l'on viendrait des quatre coins du monde le visiter, d'où il enverrait vers le monde extérieur une de ses dix mille lettres. Un monde libre d'où les illusions religieuses, d'où les fanatismes pourraient être combattus ; un monde où, après avoir longtemps voyagé comme Candide, il pourrait « cultiver son jardin », loin des querelles intestines mais au cœur des débats, s'il le faut. Et ce monde existera bientôt : du « jardin », il lancera ses croisades pour Calas, Sirven, le chevalier de La Barre, Martin, Montbailly, Lally-Tollendal... et tant d'autres moins connus.

Candide, miroir d'un monde en miettes

La plume est l'arme de Voltaire. Sous les couleurs flatteuses de l'imagerie officielle, l'époque est très âpre. Le siècle d'or de Louis XIV est déjà loin, avec ses cortèges de morts mêlés aux fastes de Versailles. Le règne s'est achevé dans la tristesse. Le libertinage, qui a succédé aux quelques années de pouvoir du Régent (1715-1722) puis s'est installé durant le règne de Louis XV, n'a fait que mettre en lumière les clivages et les points de rupture d'une société malade. D'un côté, une bourgeoisie libérale qui détient le pouvoir économique et qui pense que chacun peut trouver sa place et son bonheur dans le monde des affaires. De l'autre, une noblesse qui s'étourdit de plaisirs, fin de monde corrompu et féroce où les titres sonnent *mais* faux, où un Parlement intolérant continue à juger sans entendre les appels d'une société qui veut muter. Restent les religieux, épuisés par leurs propres traîtrises internes, jésuites sur le déclin contre jansénistes en pleine ascension, intransigeance contre fanatisme.

Et puis l'Europe des Lumières se déchire, les peuples instrumentalisés s'y dressent les uns contre les autres. La guerre de Sept Ans (1756-1763) fait rage. Déclenchée par l'attaque de l'ancien protecteur philosophe, Frédéric II de Prusse, sur la Saxe, elle ressemble très vite à une guerre mondiale, car elle va se dérouler aussi bien en Europe qu'en Amérique et aux Indes. La France, l'Autriche, la Suède, la Saxe, la Russie et l'Espagne s'y dressent contre la Prusse, l'Angleterre et le Hanovre.

L'œuvre dans son siècle

ELLE S'ACHÈVE par deux traités, à Paris et Hubertsbourg, aux termes desquels la France perd l'essentiel de son empire colonial alors en formation, entre autres le Canada (« les quelques arpents de neige » dont parle Voltaire) au profit de l'Angleterre. Cette guerre a mis le feu à l'ensemble du continent. Voltaire en exprime la violence dans chaque page de *Candide*, en même temps qu'il repousse bien au-delà des mers les décors de son roman, pressentant, malgré quelques déclarations méprisantes pour les terres lointaines, que les frontières continentales ont explosé pour toujours et que l'heure sera bientôt à la géopolitique.

UN AUTRE événement a fait saigner l'écriture de *Candide* : le tremblement de terre de Lisbonne, survenu le 1er novembre 1755. Trente mille morts en quelques secondes font chavirer les idées du philosophe – ou les révèlent. La ville est en cendres, les sans-abri ne se comptent plus. Le jardin idyllique promis par Dieu serait-il un îlot utopique ? Voltaire écrit alors en 1756 le *Poème sur le désastre de Lisbonne*, qu'il sous-titre : *Examen de cet axiome : « Tout est bien »*.

CANDIDE et l'ironie cynique de l'auteur ne sont pas loin. Comment peut-on encore croire en la Providence devant ces « cent mille fourmis, notre prochain, écrasées d'un seul coup dans notre fourmilière et la moitié périssant sans doute au milieu des débris dont on ne peut les tirer » (*Lettre à Tronchin*, 24 novembre 1755). C'est un cri du cœur que Voltaire lance : « Quel crime, quelle faute ont commis ces enfants / Sur le sein maternel écrasés et sanglants ? / Lisbonne qui n'est plus, eut-elle plus de vices / Que Londres, que Paris, plongés dans les délices ? » *(Poème sur le désastre de Lisbonne.)*

IL OUVRE ainsi la voie au débat philosophique – qui va traverser le siècle – sur le mal et la place de Dieu.

Candide, *un débat d'idées : entre Leibniz, Wolff, Locke, Rousseau et Voltaire*

CANDIDE, à l'image de la réalité du monde, cumule les catastrophes. Comme Voltaire l'écrit dans son *Essai sur les mœurs et l'esprit des nations* (1756) : « Presque toute l'histoire est une suite d'atrocités inutiles » ; il fait ainsi écho aux propos de Montesquieu : « Pour qu'un

homme soit au-dessus de l'humanité, il en coûte trop cher à tous les autres » (*Dialogue de Sylla et d'Eucrate*, 1722).

POURQUOI donc cette insistance voltairienne à décrire le morbide et l'insoutenable, en grimaçant ? À vrai dire, Frédéric II de Prusse y est pour quelque chose, qui lui a adressé les écrits d'un certain Christian Wolff (1679-1754), baron philosophe allemand, disciple de Leibniz (1646-1716), allemand lui aussi.

LEIBNIZ, qui a publié, en 1710, les *Essais de théodicée*[1] – et à sa suite Wolff – pense que Dieu est parfait, qu'il « a produit le tout le plus parfait qui se pouvait », « le meilleur des mondes possibles ». Il ne nie cependant pas le mal partout répandu, le considérant même comme nécessaire : « les imperfections des parties servant à une plus grande perfection dans l'entier ». Voltaire, qui fut un temps tenté de se rallier à ses idées – *Zadig* en est une illustration –, ne retiendra de Leibniz – via Wolff – que ce qui l'arrange. Il fera ainsi dire au philosophe par la bouche de Pangloss, allemand comme par hasard et métaphysicien, que le malheur n'existe pas, que tout est justifié : « Il est démontré, disait-il, que les choses ne peuvent être autrement : car, tout étant fait pour une fin, tout est nécessairement pour la meilleure fin. Remarquez bien que les nez sont faits pour porter des lunettes, aussi avons-nous des lunettes » (chap. I).

LA CARICATURE est facile, mais elle permet à Voltaire de revendiquer une pensée rationnelle que ses lectures et son séjour anglo-saxons lui ont fait découvrir, celle du scientifique Newton (1642-1727) et du philosophe empiriste Locke (1632-1704) pour qui tout tient et ressortit à l'expérience. En 1740, Voltaire a publié en effet *Éléments de la philosophie de Newton, ou Parallèle des sentiments de Newton et de Leibniz*, pour montrer qu'une alternative à la pensée cartésienne française existe, qu'elle se trouve dans la pensée anglaise dont l'expérience est la mine, ce qui était loin d'être une idée commune à l'époque. N'oublions pas que les Français durent à Voltaire la connaissance de la loi de la gravitation universelle, bien après qu'elle fut reconnue unanimement en Angleterre. Comme

1. *Étymologiquement, de théos* : Dieu et *diké* : justice.

L'œuvre dans son siècle

l'écrit René Pomeau, « seul conduit à la vérité le raisonnement sur l'expérience : leçon de Newton, leçon de *Candide* ». La recherche de la vérité peut se passer de foi ; elle se construit dans une adéquation entre le vivre et le penser.

En écartant la métaphysique, Voltaire s'écarte aussi radicalement des positions de Jean-Jacques Rousseau qui, sans nier les faits, préfère suivre les mouvements de son âme. Il est en effet chez l'auteur des *Confessions* un désir de ne pas voir, une envie de croire à la Providence, à la bienheureuse nature humaine, que nul argument rationnel ne peut troubler. Rousseau croit, Voltaire doute.

Candide, un conte divertissant malgré tout

Et Voltaire rit. Rire forcé devant la réalité impavide du monde. Car l'originalité de *Candide* et, en général, du conte qu'il définit à sa mesure (voir p. 131) réside dans cette succession d'histoires courtes et bien enlevées. La philosophie s'y rend accessible au lecteur, sous le charme d'un enseignement ludique. La pensée s'incarne dans des personnages typés, à mi-chemin entre la farce grivoise, le roman d'aventures, le roman sentimental et le récit de voyage.

Genre hybride, personnages si invraisemblables qu'on finit par y croire vraiment, tel est *Candide*, un récit hors norme que le public plébiscite d'emblée. Et pourtant, sur ordre du Parlement, dès le 25 février 1759, la police s'empare des feuilles qui sortent des presses. Le Petit Conseil de Genève en ordonne aussi la saisie le 26, car l'ouvrage serait « rempli de principes dangereux par rapport à la religion et tendant à la dépravation des mœurs ».

Les lecteurs n'entendront pas ces avis. En quelques semaines, six mille exemplaires sont vendus. Dès mars, Paris connaît cinq éditions. La renommée de l'œuvre se répand au-delà des frontières : l'Italie, l'Angleterre la font traduire. L'anodin conte voltairien envoie partout en Europe ses lumières contre le fanatisme, la guerre, l'intolérance, l'esclavage, les préjugés et l'injustice.

Raton, selon le nom dont Voltaire use pour signer parfois ses lettres, fait son travail de sape, ose dire lorsque tout le monde se tait.

Lire l'œuvre aujourd'hui

Candide, *un miroir tendu à la réalité*

La lecture de *Candide* est-elle justifiée aujourd'hui ? Ne l'étudie-t-on que pour la facilité pédagogique que l'œuvre offre grâce à ses récits aisément exploitables dans une séance didactique ? La raison serait bien courte.

En fait, *Candide* est un miracle. Voltaire, ce touche-à-tout, avait misé sur une immortalité comme poète tragique et épique. Or c'est l'auteur de contes « voltairiens » que la postérité a surtout reconnu. Et c'est sans doute ce manque d'enjeux originels, dans une carrière où plus rien n'est à prouver, qui fait la saveur de ces petits écrits satiriques sans prétention, finement ciselés certes mais nouveaux dans leur siècle, rafraîchissants dans le nôtre. La saveur de *Candide* tient à cette surprise de l'imagination, à l'idée que les récits les plus courts valent bien les plus longues dissertations.

Les personnages de *Candide* sont devenus des références que chaque siècle s'est appropriées : Candide est notre frère, promenant sur le monde les yeux d'un naïf tombé du nid ; Pangloss est un peu le Joyeux de Blanche-Neige. Et les autres, cette Cunégonde au nom impossible, belle, désirée, puis laide et ennuyeuse, le portrait misogyne du désir amoureux et de sa chute ; cette vieille, une écorchée de la vie au sens propre, rescapée de l'horreur ; ce Martin, un raté intelligent comme il en existe tant... On pourrait ainsi décliner à l'envi ces personnages errants, tragiques au fond, qui ont leur pendant aujourd'hui.

Mais le monde de *Candide* n'est pas qu'une métaphore de notre réalité. Ricochet vivace à travers les temps, il est aussi notre réalité.

Candide, *le journal des horreurs*

Voltaire fait œuvre de journaliste. Chaque chapitre est un éditorial, le regard du maître se posant sur les pires scandales du monde. D'un fait divers, il tire une fable. Oui, la guerre est atroce : on y enrôle des jeunes gens de force pour défendre des causes qui ne sont pas les leurs, on les y estropie, on les y tue. Pour qui ? Pour quoi ? C'est ainsi, dit Voltaire. On arrête des innocents qui ont osé parler, penser, prier autrement qu'il ne faut. On les lacère, on les tue. C'est ainsi, dit Voltaire. On est victime, on se plaint, on est puni. C'est ainsi, dit

Lire l'œuvre aujourd'hui

l'irrévérencieux Voltaire. Fanatisme, guerre de bouchers, esclavage plus ou moins déguisé, libertés bafouées, jeunesse saccagée. Ce n'est pas la « faute à Voltaire » si ces réalités existent toujours. Seul au milieu des raisonneurs stériles, Voltaire le libéral s'est dressé. Mais n'est-il qu'un homme du XVIIIe siècle ? Certes, les débats entre jansénistes et jésuites, entre leibniziens et empiristes ne nous touchent plus guère ; certes nos mémoires ont oublié les relents de la guerre de Sept Ans. Mais qui pourrait prétendre que les guerres de Religion appartiennent au passé avec leur cortège de fanatismes, d'idéologies, d'utopies fantaisistes, de parasites ? Qui pourrait nier l'exploitation des enfants esclaves, l'asservissement des femmes, le refus de l'altérité, le racisme, la fuite du bonheur, etc. ? Personne. Grâce à Candide, ces questions ont été mises en mots, en débats, sur le drapeau que portera Gavroche.

Candide, *le jardinier*

Face à ce monde impitoyable, le voyageur doit-il s'enfermer dans son jardin utopique ou s'ouvrir au monde en cultivant son jardin ? Le message final de Voltaire-Candide amorce le vrai débat qui s'ouvre pour chacun d'entre nous aussi. Devant tant d'horreurs que le XXe siècle a produites, que le XXIe siècle naissant reproduit, chacun n'est-il pas devant le questionnement de Candide ? Tout ce voyage pour finir dans une métairie ! Cela valait-il le coup ? Chacun a droit à sa réponse... mais Voltaire a le mérite d'avoir posé sa question. Voltaire, peut-être « le dernier des écrivains heureux » comme l'écrivait Roland Barthes, Voltaire en tout cas qui a trouvé un sens à la culture de sa vie.

Candide
ou l'Optimisme

Voltaire

Conte philosophique

CHAPITRE 1
Comment Candide fut élevé dans un beau château, et comment il fut chassé d'icelui[1]

Il y avait en Westphalie, dans le château de M. le baron de Thunder-ten-tronckh, un jeune garçon à qui la nature avait donné les mœurs les plus douces. Sa physionomie annonçait son âme. Il avait le jugement assez droit, avec l'esprit le plus simple ; c'est, je crois, pour cette raison qu'on le nommait Candide. Les anciens domestiques de la maison soupçonnaient qu'il était fils de la sœur de M. le baron et d'un bon et honnête gentilhomme du voisinage, que cette demoiselle ne voulut jamais épouser parce qu'il n'avait pu prouver que soixante et onze quartiers[2], et que le reste de son arbre généalogique avait été perdu par l'injure[3] du temps.

M. le baron était un des plus puissants seigneurs de la Westphalie, car son château avait une porte et des fenêtres. Sa grande salle même était ornée d'une tapisserie. Tous les chiens de ses basses-cours composaient une meute dans le besoin[4] ; ses pale-freniers[5] étaient ses piqueurs[6] ; le vicaire du village était son grand aumônier. Ils l'appelaient tous Monseigneur[7], et ils riaient quand il faisait des contes[8].

Mme la baronne, qui pesait environ trois cent cinquante livres[9], s'attirait par là une très grande considération, et faisait les honneurs de la maison avec une dignité qui la rendait encore plus respectable. Sa fille Cunégonde, âgée de dix-sept ans, était haute en

1. **Icelui :** de celui-ci.
2. **Quartiers :** il s'agit de « quartiers de noblesse », c'est-à-dire d'ascendants nobles authentifiés.
3. **Injure :** blessure, dommage.
4. **Dans le besoin :** en cas de besoin.
5. **Palefreniers :** valets chargés de soigner les chevaux.
6. **Piqueurs :** valets qui, avec des chiens, poursuivent la bête à cheval (terme de chasse).
7. **Monseigneur :** titre ordinairement réservé aux princes et aux ducs.
8. **Faisait des contes :** raillait, plaisantait.
9. **Livres :** la livre était une unité de masse variant entre 380 et 550 grammes selon la région.

couleur, fraîche, grasse, appétissante. Le fils du baron paraissait en tout digne de son père. Le précepteur Pangloss était l'oracle[1] de la maison, et le petit Candide écoutait ses leçons avec toute la bonne

25 foi de son âge et de son caractère.

Pangloss enseignait la métaphysico-théologo-cosmolonigologie[2]. Il prouvait admirablement qu'il n'y a point d'effet sans cause, et que, dans ce meilleur des mondes possibles, le château de monseigneur le baron était le plus beau des châteaux et madame la

30 meilleure des baronnes possibles.

« Il est démontré, disait-il, que les choses ne peuvent être autrement : car, tout étant fait pour une fin[3], tout est nécessairement pour la meilleure fin. Remarquez bien que les nez ont été faits pour porter des lunettes, aussi avons-nous des lunettes. Les jambes

35 sont visiblement instituées pour être chaussées, et nous avons des chausses[4]. Les pierres ont été formées pour être taillées, et pour en faire des châteaux, aussi monseigneur a un très beau château ; le plus grand baron de la province doit être le mieux logé ; et, les cochons étant faits pour être mangés, nous mangeons du porc

40 toute l'année : par conséquent, ceux qui ont avancé que tout est bien[5] ont dit une sottise ; il fallait dire que tout est au mieux. »

Candide écoutait attentivement, et croyait innocemment ; car il trouvait Mlle Cunégonde extrêmement belle, quoiqu'il ne prît jamais la hardiesse de le lui dire. Il concluait qu'après le bonheur

45 d'être né baron de Thunder-ten-tronckh, le second degré de bonheur était d'être Mlle Cunégonde ; le troisième, de la voir tous les jours ; et le quatrième, d'entendre maître Pangloss, le plus grand philosophe de la province, et par conséquent de toute la terre.

1. **Oracle** : celui que l'on croit et qui annonce ce qui va arriver.
2. **Métaphysico-théologico-cosmolonigologie** : mot forgé. La cosmologie désigne la science du monde en général, selon la définition qu'en a donnée l'Allemand Wolff (1679-1754), disciple de Leibniz. Ici, Voltaire se moque en rapprochant les mots « cosmos », « nigaud » et « logie ».
3. **Fin** : but.
4. **Chausses** : culottes.
5. **Tout est bien** : allusion à la formule du poète anglais Pope, *Essai sur l'homme*, 1733 : « Whatever is, is right ».

Un jour, Cunégonde, en se promenant auprès du château, dans
50 le petit bois qu'on appelait *parc*, vit entre des broussailles le doc-
teur Pangloss qui donnait une leçon de physique expérimentale[1]
à la femme de chambre de sa mère, petite brune très jolie et très
docile. Comme Mlle Cunégonde avait beaucoup de dispositions
pour les sciences, elle observa, sans souffler, les expériences réité-
55 rées dont elle fut témoin ; elle vit clairement la raison suffisante[2]
du docteur, les effets et les causes, et s'en retourna tout agitée,
toute pensive, toute remplie du désir d'être savante, songeant
qu'elle pourrait bien être la raison suffisante du jeune Candide, qui
pouvait aussi être la sienne.

60 Elle rencontra Candide en revenant au château, et rougit ;
Candide rougit aussi ; elle lui dit bonjour d'une voix entrecoupée,
et Candide lui parla sans savoir ce qu'il disait. Le lendemain après
le dîner, comme on sortait de table, Cunégonde et Candide se trou-
vèrent derrière un paravent ; Cunégonde laissa tomber son mou-
65 choir, Candide le ramassa, elle lui prit innocemment la main, le
jeune homme baisa innocemment la main de la jeune demoiselle
avec une vivacité, une sensibilité, une grâce toute particulière ;
leurs bouches se rencontrèrent, leurs yeux s'enflammèrent, leurs
genoux tremblèrent, leurs mains s'égarèrent. M. le baron de
70 Thunder-ten-tronckh passa auprès du paravent, et voyant cette
cause et cet effet, chassa Candide du château à grands coups de
pied dans le derrière ; Cunégonde s'évanouit ; elle fut souffletée[3]
par Mme la baronne dès qu'elle fut revenue à elle-même ; et tout
fut consterné[4] dans le plus beau et le plus agréable des châteaux
75 possibles.

1. **Physique expérimentale :** parodie d'un ouvrage célèbre et sérieux de l'abbé Nolet,
 Leçons de physique expérimentale.
2. **Raison suffisante :** formule empruntée à Leibniz, *Théodicée* : « ... jamais rien
 n'arrive sans qu'il y ait une cause ou du moins une raison déterminante... ».
3. **Souffletée :** giflée.
4. **Consterné :** désolé.

CHAPITRE 2
Ce que devint Candide parmi les Bulgares

CANDIDE, chassé du paradis terrestre, marcha longtemps sans savoir où, pleurant, levant les yeux au ciel, les tournant souvent vers le plus beau des châteaux qui renfermait la plus belle des baronnettes ; il se coucha sans souper au milieu des champs
5 entre deux sillons ; la neige tombait à gros flocons. Candide, tout transi, se traîna le lendemain vers la ville voisine, qui s'appelle Valdberghoff-trarbk-dikdorff, n'ayant point d'argent, mourant de faim et de lassitude. Il s'arrêta tristement à la porte d'un cabaret. Deux hommes habillés de bleu[1] le remarquèrent : « Camarade, dit
10 l'un, voilà un jeune homme très bien fait, et qui a la taille requise. » Ils s'avancèrent vers Candide et le prièrent[2] à dîner très civilement. « Messieurs, leur dit Candide avec une modestie charmante, vous me faites beaucoup d'honneur, mais je n'ai pas de quoi payer mon écot[3]. – Ah ! monsieur, lui dit un des bleus, les personnes de votre
15 figure et de votre mérite ne paient jamais rien : n'avez-vous pas cinq pieds cinq pouces[4] de haut ? – Oui, messieurs, c'est ma taille, dit-il en faisant la révérence. – Ah ! monsieur, mettez-vous à table ; non seulement nous vous défraierons, mais nous ne souffrirons jamais qu'un homme comme vous manque d'argent ; les hommes
20 ne sont faits que pour se secourir les uns les autres. – Vous avez raison, dit Candide : c'est ce que M. Pangloss m'a toujours dit, et je vois bien que tout est au mieux. » On le prie d'accepter quelques écus, il les prend et veut faire son billet[5] ; on n'en veut point, on se met à table : « N'aimez-vous pas tendrement ?... – Oh ! oui, répondit-il,
25 j'aime tendrement Mlle Cunégonde. – Non, dit l'un de ces messieurs, nous vous demandons si vous n'aimez pas tendrement

1. **Habillés de bleu :** soldats recruteurs portant l'uniforme bleu des Bulgares.
2. **Prièrent :** invitèrent.
3. **Payer mon écot :** payer ma quote-part, partager les frais.
4. **Cinq pieds cinq pouces :** environ 1,80 m. Les soldats de haute taille étaient recherchés.
5. **Faire son billet :** faire une reconnaissance de dettes.

le roi des Bulgares[1]. – Point du tout, dit-il, car je ne l'ai jamais
vu. – Comment ! c'est le plus charmant des rois, et il faut boire à sa
santé. – Oh ! très volontiers, Messieurs » ; et il boit. « C'en est assez,
30 lui dit-on, vous voilà l'appui, le soutien, le défenseur, le héros des
Bulgares ; votre fortune est faite, et votre gloire est assurée. » On
lui met sur-le-champ les fers aux pieds, et on le mène au régiment.
On le fait tourner à droite, à gauche, hausser la baguette, remettre
la baguette[2], coucher en joue, tirer, doubler le pas, et on lui donne
35 trente coups de bâton ; le lendemain il fait l'exercice un peu moins
mal, et il ne reçoit que vingt coups ; le surlendemain on ne lui
en donne que dix, et il est regardé par ses camarades comme un
prodige.

Candide, tout stupéfait, ne démêlait pas encore trop bien com-
40 ment il était un héros. Il s'avisa un beau jour de printemps de s'aller
promener, marchant tout droit devant lui, croyant que c'était un
privilège de l'espèce humaine, comme de l'espèce animale, de se
servir de ses jambes à son plaisir. Il n'eut pas fait deux lieues[3] que
voilà quatre autres héros de six pieds qui l'atteignent, qui le lient,
45 qui le mènent dans un cachot. On lui demanda juridiquement
ce qu'il aimait le mieux d'être fustigé[4] trente-six fois par tout le
régiment, ou de recevoir à la fois douze balles de plomb dans la
cervelle. Il eut beau dire que les volontés sont libres ; et qu'il ne
voulait ni l'un ni l'autre, il fallut faire un choix ; il se détermina, en
50 vertu du don de Dieu qu'on nomme *liberté*, à passer trente-six fois
par les baguettes ; il essuya deux promenades. Le régiment était
composé de deux mille hommes ; cela lui composa quatre mille
coups de baguette, qui, depuis la nuque du cou jusqu'au cul, lui
découvrirent les muscles et les nerfs. Comme on allait procéder à
55 la troisième course, Candide, n'en pouvant plus, demanda en grâce
qu'on voulût bien avoir la bonté de lui casser la tête ; il obtint
cette faveur ; on lui bande les yeux, on le fait mettre à genoux.
Le roi des Bulgares passe dans ce moment, s'informe du crime du

1. **Le roi des Bulgares :** l'État bulgare n'existera qu'au XIX[e] siècle. Le lecteur de
Voltaire reconnaît le roi de Prusse, Frédéric II.
2. **La baguette :** la baguette de fer servait à recharger les fusils.
3. **Lieues :** une lieue représente près de 4 kilomètres.
4. **Être fustigé :** être corrigé.

patient ; et comme ce roi avait un grand génie, il comprit, par tout
60 ce qu'il apprit de Candide, que c'était un jeune métaphysicien, fort
ignorant des choses de ce monde, et il lui accorda sa grâce avec
une clémence qui sera louée dans tous les journaux et dans tous
les siècles. Un brave chirurgien guérit Candide en trois semaines
avec les émollients[1] enseignés par Dioscoride[2], Il avait déjà un
65 peu de peau, et pouvait marcher, quand le roi des Bulgares livra
bataille au roi des Abares[3].

CHAPITRE 3
Comment Candide se sauva d'entre les Bulgares, et ce qu'il devint

RIEN n'était si beau, si leste[4], si brillant, si bien ordonné que les
deux armées. Les trompettes, les fifres[5], les hautbois, les tambours,
les canons, formaient une harmonie telle qu'il n'y en eut jamais
en enfer. Les canons renversèrent d'abord à peu près six mille
5 hommes de chaque côté ; ensuite la mousqueterie ôta du meilleur
des mondes environ neuf à dix mille coquins[6] qui en infectaient
la surface. La baïonnette fut aussi la raison suffisante de la mort
de quelques milliers d'hommes. Le tout pouvait bien se monter
à une trentaine de mille âmes. Candide, qui tremblait comme un
10 philosophe, se cacha du mieux qu'il put pendant cette boucherie
héroïque.

1. **Émollients :** remèdes adoucissants.
2. **Dioscoride :** médecin grec du Ier siècle après J.-C., cité par Rabelais.
3. **Abares :** selon Voltaire, une nation des Scythes, proches des Bulgares.
4. **Leste :** élégant.
5. **Fifres :** le fifre est une petite flûte traversière au son aigu.
6. **Coquins :** scélérats.

Enfin, tandis que les deux rois faisaient chanter des *Te Deum*[1] chacun dans son camp, il prit le parti d'aller raisonner ailleurs des effets et des causes. Il passa par-dessus des tas de morts et de
15 mourants, et gagna d'abord un village voisin ; il était en cendres : c'était un village abare que les Bulgares avaient brûlé, selon les lois du droit public[2]. Ici des vieillards criblés de coups regardaient mourir leurs femmes égorgées, qui tenaient leurs enfants à leurs mamelles sanglantes ; là des filles éventrées après avoir assouvi les
20 besoins naturels de quelques héros rendaient les derniers soupirs ; d'autres, à demi brûlées, criaient qu'on achevât de leur donner la mort. Des cervelles étaient répandues sur la terre à côté de bras et de jambes coupés.

Candide s'enfuit au plus vite dans un autre village : il apparte-
25 nait à des Bulgares, et des héros abares l'avaient traité de même. Candide, toujours marchant sur des membres palpitants ou à tra- vers des ruines, arriva enfin hors du théâtre de la guerre, portant quelques petites provisions dans son bissac, et n'oubliant jamais Mlle Cunégonde. Ses provisions lui manquèrent quand il fut en
30 Hollande ; mais ayant entendu dire que tout le monde était riche dans ce pays-là, et qu'on y était chrétien, il ne douta pas qu'on ne le traitât aussi bien qu'il l'avait été dans le château de monsieur le baron avant qu'il en eût été chassé pour les beaux yeux de Mlle Cunégonde.

35 Il demanda l'aumône à plusieurs graves personnages, qui lui répondirent tous que, s'il continuait à faire ce métier, on l'enferme- rait dans une maison de correction pour lui apprendre à vivre.

Il s'adressa ensuite à un homme qui venait de parler tout seul une heure de suite sur la charité dans une grande assemblée. Cet
40 orateur, le regardant de travers, lui dit : « Que venez-vous faire ici ? y êtes-vous pour la bonne cause ? – Il n'y a point d'effet sans cause, répondit modestement Candide, tout est enchaîné nécessairement et arrangé pour le mieux. Il a fallu que je fusse chassé d'auprès de Mlle Cunégonde, que j'aie passé par les baguettes, et il faut que je
45 demande mon pain jusqu'à ce que je puisse en gagner ; tout cela ne pouvait être autrement. – Mon ami, lui dit l'orateur, croyez-vous

1. *Te Deum :* prière chantée d'action de grâces.
2. **Droit public :** droit international, droit des gens.

que le pape soit l'Antéchrist[1] ? – Je ne l'avais pas encore entendu dire, répondit Candide ; mais qu'il le soit ou qu'il ne le soit pas, je manque de pain. – Tu ne mérites pas d'en manger, dit l'autre ; va,
50 coquin, va, misérable, ne m'approche de ta vie. » La femme de l'orateur, ayant mis la tête à la fenêtre et avisant un homme qui doutait que le pape fût antéchrist, lui répandit sur le chef un plein... Ô Ciel ! à quel excès se porte le zèle de la religion dans les dames !

Un homme qui n'avait point été baptisé, un bon anabaptiste[2],
55 nommé Jacques, vit la manière cruelle et ignominieuse dont on traitait ainsi un de ses frères, un être à deux pieds, sans plumes, qui avait une âme ; il l'amena chez lui, le nettoya, lui donna du pain et de la bière, lui fit présent de deux florins, et voulut même lui apprendre à travailler dans ses manufactures aux étoffes de
60 Perse qu'on fabrique en Hollande. Candide, se prosternant presque devant lui, s'écriait : « Maître Pangloss me l'avait bien dit que tout est au mieux dans ce monde, car je suis infiniment plus touché de votre extrême générosité que de la dureté de ce monsieur à manteau noir[3] et de madame son épouse. »

65 Le lendemain, en se promenant, il rencontra un gueux[4] tout couvert de pustules[5], les yeux morts, le bout du nez rongé, la bouche de travers, les dents noires, et parlant de la gorge, tourmenté d'une toux violente et crachant une dent à chaque effort.

1. **Antéchrist :** adversaire de Jésus-Christ, faux prophète qui, avant la fin des temps, tentera d'opposer une religion à celle du Christ.
2. **Anabaptiste :** adepte d'un mouvement religieux qui, dessiné en Allemagne au XVIe siècle, ne baptise que les adultes et demande un retour à une vie plus en phase avec les Saintes Écritures.
3. **Monsieur à manteau noir :** prédicateur protestant, désigné par son habit.
4. **Gueux :** mendiant.
5. **Pustules :** inflammations purulentes à la surface de la peau.

CHAPITRE 4
Comment Candide rencontra son ancien maître de philosophie, le docteur Pangloss, et ce qui en advint

CANDIDE, plus ému encore de compassion que d'horreur, donna à cet épouvantable gueux les deux florins qu'il avait reçus de son honnête anabaptiste Jacques. Le fantôme le regarda fixement, versa des larmes, et sauta à son cou. Candide, effrayé, recule.
5 « Hélas ! dit le misérable à l'autre misérable, ne reconnaissez-vous plus votre cher Pangloss ? – Qu'entends-je ? Vous, mon cher maître ! vous, dans cet état horrible ! Quel malheur vous est-il donc arrivé ? Pourquoi n'êtes-vous plus dans le plus beau des châteaux ? Qu'est devenue Mlle Cunégonde, la perle des filles, le chef-
10 d'œuvre de la nature ? – Je n'en peux plus », dit Pangloss. Aussitôt Candide le mena dans l'étable de l'anabaptiste, où il lui fit manger un peu de pain ; et quand Pangloss fut refait : « Eh bien ! lui dit-il, Cunégonde ? – Elle est morte », reprit l'autre. Candide s'évanouit à ce mot ; son ami rappela ses sens avec un peu de mauvais vinaigre
15 qui se trouva par hasard dans l'étable. Candide rouvre les yeux. « Cunégonde est morte ! Ah ! meilleur des mondes, où êtes-vous ? Mais de quelle maladie est-elle morte ? ne serait-ce point de m'avoir vu chasser du beau château de monsieur son père à grands coups de pied ? – Non, dit Pangloss ; elle a été éventrée
20 par des soldats bulgares, après avoir été violée autant qu'on peut l'être ; ils ont cassé la tête à M. le baron qui voulait la défendre ; Mme la baronne a été coupée en morceaux ; mon pauvre pupille, traité précisément comme sa sœur ; et quant au château, il n'est pas resté pierre sur pierre, pas une grange, pas un mouton, pas
25 un canard, pas un arbre ; mais nous avons été bien vengés, car les Abares en ont fait autant dans une baronnie voisine qui appartenait à un seigneur bulgare. »

À ce discours, Candide s'évanouit encore ; mais revenu à soi, et ayant dit tout ce qu'il devait dire, il s'enquit de la cause et de l'effet,
30 et de la raison suffisante qui avait mis Pangloss dans un si piteux

état. « Hélas ! dit l'autre, c'est l'amour ; l'amour, le consolateur du genre humain, le conservateur de l'univers, l'âme de tous les êtres sensibles, le tendre amour. – Hélas ! dit Candide, je l'ai connu, cet amour, ce souverain des cœurs, cette âme de notre âme ; il ne m'a
35 jamais valu qu'un baiser et vingt coups de pied au cul. Comment cette belle cause a-t-elle pu produire en vous un effet si abominable ? » Pangloss répondit en ces termes : « Ô mon cher Candide ! vous avez connu Paquette, cette jolie suivante de notre auguste baronne ; j'ai goûté dans ses bras les délices du paradis, qui ont
40 produit ces tourments d'enfer dont vous me voyez dévoré ; elle en était infectée, elle en est peut-être morte. Paquette tenait ce présent d'un cordelier[1] très savant, qui avait remonté à la source ; car il l'avait eue d'une vieille comtesse, qui l'avait reçue d'un capitaine de cavalerie, qui la devait à une marquise, qui la tenait d'un
45 page, qui l'avait reçue d'un jésuite, qui, étant novice[2], l'avait eue en droite ligne d'un des compagnons de Christophe Colomb. Pour moi, je ne la[3] donnerai à personne, car je me meurs. – Ô Pangloss ! s'écria Candide, voilà une étrange généalogie ! n'est-ce pas le diable qui en fut la souche[4] ? – Point du tout, répliqua ce grand
50 homme ; c'était une chose indispensable dans le meilleur des mondes, un ingrédient nécessaire ; car si Colomb n'avait pas attrapé dans une île de l'Amérique cette maladie qui empoisonne la source de la génération[5], qui souvent même empêche la génération et qui est évidemment l'opposé du grand but de la nature, nous n'aurions
55 ni le chocolat[6] ni la cochenille[7] ; il faut encore observer que jusqu'aujourd'hui, dans notre continent, cette maladie nous est particulière, comme la controverse[8]. Les Turcs, les Indiens, les Persans,

1. **Cordelier** : religieux de l'ordre de Saint-François-d'Assise, appelé aussi franciscain.
2. **Novice** : homme ou femme qui, désireux d'entrer dans les ordres, n'a pas encore prononcé ses vœux définitifs.
3. **La** : la maladie.
4. **La souche** : l'origine.
5. **Génération** : procréation.
6. **Chocolat** : nouveau produit importé d'Amérique du Sud sous forme de cacao par les Espagnols au XVIe siècle.
7. **Cochenille** : insecte découvert au Mexique dont le traitement permet de teinter en carmin les tissus.
8. **Controverse** : discussion théologique.

les Chinois, les Siamois, les Japonais, ne la connaissent pas encore ;
mais il y a une raison suffisante pour qu'ils la connaissent à leur
60 tour dans quelques siècles. En attendant, elle a fait un merveilleux
progrès parmi nous, et surtout dans ces grandes armées compo-
sées d'honnêtes stipendiaires[1], bien élevés, qui décident du destin
des États ; on peut assurer que, quand trente mille hommes com-
battent en bataille rangée contre des troupes égales en nombre, il
65 y a environ vingt mille vérolés de chaque côté.

– Voilà qui est admirable, dit Candide, mais il faut vous faire
guérir. – Et comment le puis-je ? dit Pangloss ; je n'ai pas le sou,
mon ami ; et dans toute l'étendue de ce globe, on ne peut ni se
faire saigner ni prendre un lavement[2] sans payer, ou sans qu'il y ait
70 quelqu'un qui paie pour nous. »

Ce dernier discours détermina Candide ; il alla se jeter aux pieds
de son charitable anabaptiste Jacques, et lui fit une peinture si tou-
chante de l'état où son ami était réduit que le bonhomme[3] n'hésita
pas à recueillir le docteur Pangloss ; il le fit guérir à ses dépens.
75 Pangloss, dans la cure, ne perdit qu'un œil et une oreille. Il écrivait
bien et savait parfaitement l'arithmétique. L'anabaptiste Jacques en
fit son teneur de livres[4]. Au bout de deux mois, étant obligé d'aller
à Lisbonne pour les affaires de son commerce, il mena dans son
vaisseau ses deux philosophes. Pangloss lui expliqua comment
80 tout était on ne peut mieux. Jacques n'était pas de cet avis. « Il faut
bien, disait-il, que les hommes aient un peu corrompu la nature,
car ils ne sont point nés loups, et ils sont devenus loups. Dieu ne
leur a donné ni canon de vingt-quatre[5] ni baïonnettes, et ils se
sont fait des baïonnettes et des canons pour se détruire. Je pour-
85 rais mettre en ligne de compte les banqueroutes, et la justice qui
s'empare des biens des banqueroutiers pour en frustrer les créan-
ciers. – Tout cela était indispensable, répliquait le docteur borgne,
et les malheurs particuliers font le bien général, de sorte que plus

1. **Stipendiaires :** mercenaires, soldats payés.
2. **Ni se faire saigner ni prendre un lavement :** traitements habituels de la méde-
cine de l'époque.
3. **Bonhomme :** homme plein de bonté.
4. **Livres :** livres de compte.
5. **Canons de vingt-quatre :** canons qui tiraient des boulets de 24 livres.

il y a de malheurs particuliers, et plus tout est bien. » Tandis qu'il
90 raisonnait, l'air s'obscurcit, les vents soufflèrent des quatre coins
du monde et le vaisseau fut assailli de la plus horrible tempête à la
vue du port de Lisbonne.

CHAPITRE 5
Tempête, naufrage, tremblement de terre,
et ce qui advint du docteur Pangloss,
de Candide et de l'anabaptiste Jacques

LA MOITIÉ des passagers, affaiblis, expirants de ces angoisses
inconcevables que le roulis d'un vaisseau porte dans les nerfs et
dans toutes les humeurs[1] du corps agitées en sens contraire, n'avait
pas même la force de s'inquiéter du danger. L'autre moitié jetait
5 des cris et faisait des prières ; les voiles étaient déchirées, les mâts
brisés, le vaisseau entrouvert. Travaillait qui pouvait, personne ne
s'entendait, personne ne commandait. L'anabaptiste aidait un peu
à la manœuvre ; il était sur le tillac[2] ; un matelot furieux le frappe
rudement et l'étend sur les planches ; mais du coup qu'il lui donna
10 il eut lui-même une si violente secousse qu'il tomba hors du
vaisseau la tête la première. Il restait suspendu et accroché à une
partie de mât rompue. Le bon Jacques court à son secours, l'aide à
remonter, et de l'effort qu'il fit il est précipité dans la mer à la vue
du matelot, qui le laissa périr, sans daigner seulement le regarder.
15 Candide approche, voit son bienfaiteur qui reparaît un moment et
qui est englouti pour jamais. Il veut se jeter après lui dans la mer ;
le philosophe Pangloss l'en empêche, en lui prouvant que la rade
de Lisbonne avait été formée exprès pour que cet anabaptiste s'y

1. **Humeurs :** fluides présents dans le corps selon l'ancienne médecine.
2. **Tillac :** pont du bateau.

noyât. Tandis qu'il le prouvait *a priori*[1], le vaisseau s'entrouvre,
20 tout périt à la réserve de Pangloss, de Candide, et de ce brutal[2] de
matelot qui avait noyé le vertueux anabaptiste ; le coquin nagea
heureusement[3] jusqu'au rivage où Pangloss et Candide furent por-
tés sur une planche.

Quand ils furent revenus un peu à eux, ils marchèrent vers
25 Lisbonne ; il leur restait quelque argent, avec lequel ils espéraient
se sauver de la faim après avoir échappé à la tempête.

À peine ont-ils mis le pied dans la ville en pleurant la mort de
leur bienfaiteur, qu'ils sentent la terre trembler sous leurs pas ; la
mer s'élève en bouillonnant dans le port, et brise les vaisseaux qui
30 sont à l'ancre. Des tourbillons de flammes et de cendres couvrent les
rues et les places publiques ; les maisons s'écroulent, les toits sont
renversés sur les fondements, et les fondements se dispersent ;
trente mille habitants de tout âge et de tout sexe sont écrasés
sous des ruines, Le matelot disait en sifflant et en jurant : « Il y
35 aura quelque chose à gagner ici. – Quelle peut être la raison suf-
fisante de ce phénomène ? disait Pangloss. – Voici le dernier jour
du monde ! » s'écriait Candide. Le matelot court incontinent[4] au
milieu des débris, affronte la mort pour trouver de l'argent, en
trouve, s'en empare, s'enivre, et, ayant cuvé son vin, achète les
40 faveurs de la première fille de bonne volonté qu'il rencontre sur
les ruines des maisons détruites et au milieu des mourants et des
morts. Pangloss le tirait cependant par la manche. « Mon ami, lui
disait-il, cela n'est pas bien, vous manquez à[5] la raison universelle,
vous prenez mal votre temps. – Tête et sang ![6] répondit l'autre, je
45 suis matelot et né à Batavia[7] ; j'ai marché quatre fois sur le crucifix[8]

1. *A priori :* raisonnement non fondé sur l'expérience mais sur des préjugés.
2. **Ce brutal :** cette brute.
3. **Heureusement :** avec succès.
4. **Incontinent :** sur-le-champ.
5. **Vous manquez à :** vous ne vous conformez pas, vous ne respectez pas.
6. **Tête et sang !** : juron abrégé pour « par la tête de Dieu » et « par le sang de Dieu ».
7. **Batavia :** capitale de l'île de Java, dans l'Indonésie actuelle, aujourd'hui Djakarta. Colonie hollandaise fondée en 1619.
8. **Quatre fois sur le crucifix :** le fait de marcher sur le crucifix marquait un irrespect relativement à la religion chrétienne, ce que les Japonais auraient demandé aux étrangers, les Hollandais en l'occurrence, pour faire du commerce avec leur pays.

dans quatre voyages au Japon ; tu as bien trouvé ton homme avec ta raison universelle ! »

Quelques éclats de pierre avaient blessé Candide ; il était étendu dans la rue et couvert de débris. Il disait à Pangloss : « Hélas !
50 procure-moi un peu de vin et d'huile[1] ; je me meurs. – Ce tremblement de terre n'est pas une chose nouvelle, répondit Pangloss ; la ville de Lima éprouva les mêmes secousses en Amérique l'année passée ; mêmes causes, mêmes effets : il y a certainement une traînée de soufre sous terre depuis Lima jusqu'à Lisbonne. – Rien n'est
55 plus probable, dit Candide ; mais, pour Dieu[2], un peu d'huile et de vin. – Comment, probable ? répliqua le philosophe ; je soutiens que la chose est démontrée. » Candide perdit connaissance, et Pangloss lui apporta un peu d'eau d'une fontaine voisine.

Le lendemain, ayant trouvé quelques provisions de bouche en se
60 glissant à travers des décombres, ils réparèrent un peu leurs forces. Ensuite, ils travaillèrent comme les autres à soulager les habitants échappés à la mort. Quelques citoyens secourus par eux leur donnèrent un aussi bon dîner qu'on le pouvait dans un tel désastre. Il est vrai que le repas était triste ; les convives arrosaient leur pain
65 de leurs larmes ; mais Pangloss les consola en les assurant que les choses ne pouvaient être autrement : « Car, dit-il, tout ceci est ce qu'il y a de mieux. Car, s'il y a un volcan à Lisbonne, il ne pouvait être ailleurs. Car il est impossible que les choses ne soient pas où elles sont. Car tout est bien. »

70 Un petit homme noir, familier de l'Inquisition[3], lequel était à côté de lui, prit poliment la parole et dit : « Apparemment que monsieur ne croit pas au péché originel ; car, si tout est au mieux, il n'y a donc eu ni chute ni punition.

– Je demande très humblement pardon à Votre Excellence,
75 répondit Pangloss encore plus poliment, car la chute de l'homme et la malédiction entraient nécessairement dans le meilleur des mondes possibles. – Monsieur ne croit donc pas à la liberté ? dit

1. **Un peu de vin et d'huile :** association fréquente dans les textes chrétiens.
2. **Pour Dieu :** pour l'amour de Dieu.
3. **Familier de l'Inquisition :** officier subalterne de l'Inquisition, tribunal spécialisé créé au Portugal au XVIe siècle par l'Église catholique romaine, en charge de vérifier si les pratiques publiques et privées sont en accord avec le dogme.

le familier. – Votre Excellence m'excusera, dit Pangloss ; la liberté
peut subsister avec la nécessité absolue ; car il était nécessaire que
80 nous fussions libres ; car enfin la volonté déterminée... » Pangloss
était au milieu de sa phrase, quand le familier fit un signe de tête à
son estafier[1] qui lui servait à boire du vin de Porto ou d'Oporto[2].

CHAPITRE 6
Comment on fit un bel auto-da-fé[3] pour empêcher les tremblements de terre, et comment Candide fut fessé

Après le tremblement de terre qui avait détruit les trois quarts de
Lisbonne, les sages du pays n'avaient pas trouvé un moyen plus
efficace pour prévenir une ruine totale que de donner au peuple
un bel auto-da-fé ; il était décidé par l'université de Coïmbre[4] que
5 le spectacle de quelques personnes brûlées à petit feu, en grande
cérémonie, est un secret infaillible pour empêcher la terre de
trembler.

On avait en conséquence saisi un Biscayen[5] convaincu d'avoir
épousé sa commère[6], et deux Portugais qui en mangeant un poulet

1. **Estafier :** laquais armé portant les armes de son maître.
2. **Porto ou [d']Oporto :** ville du Portugal au nord de Lisbonne.
3. **Auto-da-fé :** cérémonie durant laquelle les hérétiques (dissidents) condamnés par l'Inquisition devaient faire acte de foi.
4. **Coïmbre :** ville située entre Porto et Lisbonne, qui possède une des plus anciennes universités d'Europe.
5. **Biscayen :** habitant du Pays basque.
6. **Commère :** le parrain (« compère ») n'a pas le droit d'épouser la marraine (« commère ») de son filleul ou de sa filleule.

10 en avaient arraché le lard[1] : on vint lier après le dîner le docteur
Pangloss et son disciple Candide, l'un pour avoir parlé, et l'autre
pour avoir écouté avec un air d'approbation : tous deux furent
menés séparément dans des appartements d'une extrême fraîcheur,
dans lesquels on n'était jamais incommodé du soleil ; huit jours
15 après ils furent tous deux revêtus d'un *san-benito*[2], et on orna leurs
têtes de mitres[3] de papier : la mitre et le san-benito de Candide
étaient peints de flammes renversées et de diables qui n'avaient
ni queues ni griffes ; mais les diables de Pangloss portaient griffes
et queues, et les flammes étaient droites[4]. Ils marchèrent en pro-
20 cession ainsi vêtus, et entendirent un sermon très pathétique,
suivi d'une belle musique en faux-bourdon[5]. Candide fut fessé en
cadence, pendant qu'on chantait ; le Biscayen et les deux hommes
qui n'avaient point voulu manger de lard furent brûlés, et Pangloss
fut pendu, quoique ce ne soit pas la coutume. Le même jour la
25 terre trembla de nouveau avec un fracas épouvantable.

Candide, épouvanté, interdit[6], éperdu, tout sanglant, tout pal-
pitant, se disait à lui-même : « Si c'est ici le meilleur des mondes
possibles, que sont donc les autres ? Passe encore si je n'étais que
fessé, je l'ai été chez les Bulgares. Mais, ô mon cher Pangloss ! le
30 plus grand des philosophes, faut-il vous avoir vu pendre sans
que je sache pourquoi ! Ô mon cher anabaptiste, le meilleur
des hommes, faut-il que vous ayez été noyé dans le port ! Ô
Mlle Cunégonde ! la perle des filles, faut-il qu'on vous ait fendu le
ventre ! »

35 Il s'en retournait, se soutenant à peine, prêché, fessé, absous et
béni, lorsqu'une vieille l'aborda et lui dit : « Mon fils, prenez cou-
rage, suivez-moi. »

1. **Le lard :** dans la religion juive, on ne peut manger le porc.
2. **Un *san-benito* :** un saint-Benoît. Vêtement jaune, rappelant le costume des béné-
dictins (religieux de l'ordre de saint-Benoît), que l'Inquisition faisait revêtir aux
hérétiques en signe d'expiation. Il était accompagné d'une mitre de papier.
3. **Mitres :** la mitre est une coiffe en forme de cône.
4. **Droites :** la flamme droite annonce la peine capitale.
5. **Faux-bourdon :** chant à une voix accompagné par l'orgue.
6. **Interdit :** stupéfait.

CHAPITRE 7
Comment une vieille prit soin de Candide,
et comment il retrouva ce qu'il aimait

CANDIDE ne prit point courage, mais il suivit la vieille dans une
masure ; elle lui donna un pot de pommade pour se frotter, lui
laissa à manger et à boire ; elle lui montra un petit lit assez propre ;
il y avait auprès du lit un habit complet. « Mangez, buvez, dormez,
5 lui dit-elle, et que Notre-Dame d'Atocha[1], monseigneur saint
Antoine de Padoue[2] et monseigneur saint Jacques de Compostelle
prennent soin de vous : je reviendrai demain. » Candide, toujours
étonné[3] de tout ce qu'il avait vu, de tout ce qu'il avait souffert, et
encore plus de la charité de la vieille, voulut lui baiser la main.
10 « Ce n'est pas ma main qu'il faut baiser, dit la vieille ; je reviendrai
demain. Frottez-vous de pommade, mangez et dormez. »

Candide, malgré tant de malheurs, mangea et dormit. Le len-
demain la vieille lui apporte à déjeuner, visite son dos, le frotte
elle-même d'une autre pommade ; elle lui apporte ensuite à dîner ;
15 elle revient sur le soir, et apporte à souper. Le surlendemain elle fit
encore les mêmes cérémonies. « Qui êtes-vous ? lui disait toujours
Candide ; qui vous a inspiré tant de bonté ? quelles grâces puis-je
vous rendre ? » La bonne femme ne répondait jamais rien ; elle
revint sur le soir et n'apporta point à souper. « Venez avec moi, dit-
20 elle, et ne dites mot. » Elle le prend sous le bras, et marche avec lui
dans la campagne environ un quart de mille[4] : ils arrivent à une
maison isolée, entourée de jardins et de canaux. La vieille frappe
à une porte. On ouvre ; elle mène Candide, par un escalier dérobé,
dans un cabinet doré, le laisse sur un canapé de brocart[5], referme

1. **Notre-Dame d'Atocha :** la Vierge enceinte.
2. **Saint Antoine de Padoue :** saint né à Lisbonne mais honoré à Padoue près de
Venise, en Italie.
3. **Étonné :** frappé de stupeur.
4. **Un quart de mille :** 350 mètres environ.
5. **Canapé de brocart :** siège à dossier recouvert d'un tissu de soie, rehaussé de
motifs en fils d'or et argent.

25 la porte, et s'en va. Candide croyait rêver, et regardait toute sa vie comme un songe funeste, et le moment présent comme un songe agréable.

La vieille reparut bientôt ; elle soutenait avec peine une femme tremblante, d'une taille majestueuse, brillante de pierreries et
30 couverte d'un voile. « Ôtez ce voile », dit la vieille à Candide. Le jeune homme approche ; il lève le voile d'une main timide. Quel moment ! quelle surprise ! il croit voir Mlle Cunégonde ; il la voyait en effet, c'était elle-même. La force lui manque, il ne peut proférer une parole, il tombe à ses pieds. Cunégonde tombe sur le canapé.
35 La vieille les accable d'eaux spiritueuses[1] ; ils reprennent leurs sens, ils se parlent : ce sont d'abord des mots entrecoupés, des demandes et des réponses qui se croisent, des soupirs, des larmes, des cris. La vieille leur recommande de faire moins de bruit, et les laisse en liberté. « Quoi ! c'est vous, lui dit Candide, vous vivez ! Je
40 vous retrouve en Portugal ! On ne vous a donc pas violée ? On ne vous a point fendu le ventre, comme le philosophe Pangloss me l'avait assuré ? – Si fait, dit la belle Cunégonde ; mais on ne meurt pas toujours de ces deux accidents. – Mais votre père et votre mère ont-ils été tués ? – Il n'est que trop vrai, dit Cunégonde en pleu-
45 rant. – Et votre frère ? – Mon frère a été tué aussi. – Et pourquoi êtes-vous en Portugal ? et comment avez-vous su que j'y étais ? et par quelle étrange aventure[2] m'avez-vous fait conduire dans cette maison ? – Je vous dirai tout cela, répliqua la dame ; mais il faut auparavant que vous m'appreniez tout ce qui vous est arrivé
50 depuis le baiser innocent que vous me donnâtes et les coups de pied que vous reçûtes. »

Candide lui obéit avec un profond respect ; et quoiqu'il fût inter-dit[3], quoique sa voix fût faible et tremblante, quoique l'échine lui fît encore un peu mal, il lui raconta de la manière la plus naïve tout ce
55 qu'il avait éprouvé depuis le moment de leur séparation. Cunégonde levait les yeux au ciel ; elle donna des larmes à la mort du bon anabaptiste et de Pangloss ; après quoi elle parla en ces termes à Candide, qui ne perdait pas une parole, et qui la dévorait des yeux.

1. **Eaux spiritueuses :** eaux contenant une forte proportion d'alcool.
2. **Aventure :** hasard.
3. **Interdit :** stupéfait.

CHAPITRE 8
Histoire de Cunégonde

« J'ÉTAIS dans mon lit et je dormais profondément, quand il plut au ciel d'envoyer les Bulgares dans notre beau château de Thunder-ten-tronckh ; ils égorgèrent mon père et mon frère, et coupèrent ma mère par morceaux. Un grand Bulgare, haut de six pieds,
5 voyant qu'à ce spectacle j'avais perdu connaissance, se mit à me violer ; cela me fit revenir, je repris mes sens, je criai, je me débattis, je mordis, j'égratignai, je voulais arracher les yeux à ce grand Bulgare, ne sachant pas que tout ce qui arrivait dans le château de mon père était une chose d'usage¹ : le brutal me donna un coup
10 de couteau dans le flanc gauche dont je porte encore la marque. – Hélas ! j'espère bien la voir, dit le naïf Candide. – Vous la verrez, dit Cunégonde ; mais continuons. – Continuez », dit Candide.

Elle reprit ainsi le fil de son histoire : « Un capitaine bulgare entra, il me vit toute sanglante, et le soldat ne se dérangeait pas.
15 Le capitaine se mit en colère du peu de respect que lui témoignait ce brutal, et le tua sur mon corps. Ensuite il me fit panser, et m'emmena prisonnière de guerre dans son quartier². Je blanchissais le peu de chemises qu'il avait, je faisais sa cuisine ; il me trouvait fort jolie, il faut l'avouer ; et je ne nierai pas qu'il ne fût très
20 bien fait, et qu'il n'eût la peau blanche et douce ; d'ailleurs³ peu d'esprit, peu de philosophie : on voyait bien qu'il n'avait pas été élevé par le docteur Pangloss. Au bout de trois mois, ayant perdu tout son argent et s'étant dégoûté de moi, il me vendit à un Juif nommé don Issacar⁴, qui trafiquait en Hollande et en Portugal, et
25 qui aimait passionnément les femmes. Ce Juif s'attacha beaucoup à ma personne, mais il ne pouvait en triompher ; je lui ai mieux résisté qu'au soldat bulgare. Une personne d'honneur peut être violée une fois, mais sa vertu s'en affermit.

1. **Une chose d'usage :** une chose ordinaire, habituelle.
2. **Quartier :** cantonnement de l'armée.
3. **D'ailleurs :** par ailleurs.
4. **Don Issacar :** « don » exprime l'anoblissement d'Issacar, nom biblique.

Le Juif, pour m'apprivoiser, me mena dans cette maison de cam-
30 pagne que vous voyez. J'avais cru jusque-là qu'il n'y avait rien sur
la terre de si beau que le château de Thunder-ten-tronckh ; j'ai été
détrompée.

« Le grand inquisiteur[1] m'aperçut un jour à la messe, il me lorgna
beaucoup, et me fit dire qu'il avait à me parler pour des affaires
35 secrètes. Je fus conduite à son palais ; je lui appris ma naissance ;
il me représenta combien il était au-dessous de mon rang d'appar-
tenir à un Israélite. On proposa de sa part à don Issacar de me
céder à Monseigneur. Don Issacar, qui est le banquier de la cour
et homme de crédit, n'en voulut rien faire. L'inquisiteur le menaça
40 d'un auto-da-fé. Enfin mon Juif, intimidé, conclut un marché, par
lequel la maison et moi leur appartiendraient à tous deux en com-
mun ; que le Juif aurait pour lui les lundis, mercredis et le jour du
sabbat[2], et que l'inquisiteur aurait les autres jours de la semaine.
Il y a six mois que cette convention subsiste. Ce n'a pas été sans
45 querelles ; car souvent il a été indécis si la nuit du samedi au
dimanche appartenait à l'ancienne loi ou à la nouvelle[3]. Pour moi,
j'ai résisté jusqu'à présent à toutes les deux, et je crois que c'est
pour cette raison que j'ai toujours été aimée.

« Enfin, pour détourner le fléau des tremblements de terre, et
50 pour intimider don Issacar, il plut à Monseigneur l'inquisiteur de
célébrer un auto-da-fé. Il me fit l'honneur de m'y inviter. Je fus très
bien placée ; on servit aux dames des rafraîchissements entre la
messe et l'exécution. Je fus, à la vérité, saisie d'horreur en voyant
brûler ces deux Juifs et cet honnête Biscayen qui avait épousé sa
55 commère ; mais quelle fut ma surprise, mon effroi, mon trouble,
quand je vis, dans un san-benito et sous une mitre, une figure qui
ressemblait à celle de Pangloss ! Je me frottai les yeux, je regardai
attentivement, je le vis pendre ; je tombai en faiblesse. À peine
reprenais-je mes sens que je vous vis dépouillé tout nu : ce fut

1. **Le grand inquisiteur :** enquêteur très haut placé dans la hiérarchie de l'Inquisition.
2. **Sabbat :** samedi, jour de repos consacré à la prière et à la lecture des textes sacrés
dans la religion juive.
3. **À l'ancienne loi ou à la nouvelle :** la loi édictée par l'Ancien Testament ou le
Nouveau Testament. Le samedi est le jour réservé aux juifs ; le dimanche, aux
chrétiens.

60 là le comble de l'horreur, de la consternation, de la douleur, du désespoir. Je vous dirai, avec vérité, que votre peau est encore plus blanche et d'un incarnat plus parfait que celle de mon capitaine des Bulgares. Cette vue redoubla tous les sentiments qui m'accablaient, qui me dévoraient. Je m'écriai, je voulus dire : « Arrêtez,
65 barbares ! » mais la voix me manqua, et mes cris auraient été inutiles. Quand vous eûtes été bien fessé : « Comment se peut-il faire, disais-je, que l'aimable[1] Candide et le sage Pangloss se trouvent à Lisbonne, l'un pour recevoir cent coups de fouet, et l'autre pour être pendu par l'ordre de Monseigneur l'inquisiteur dont je suis la
70 bien-aimée ? Pangloss m'a donc bien cruellement trompée quand il me disait que tout va le mieux du monde. »

« Agitée, éperdue, tantôt hors de moi-même, et tantôt prête de[2] mourir de faiblesse, j'avais la tête remplie du massacre de mon père, de ma mère, de mon frère, de l'insolence de mon vilain soldat
75 bulgare, du coup de couteau qu'il me donna, de ma servitude, de mon métier de cuisinière, de mon capitaine bulgare, de mon vilain don Issacar, de mon abominable inquisiteur, de la pendaison du docteur Pangloss, de ce grand *miserere*[3] en faux-bourdon pendant lequel on vous fessait, et surtout du baiser que je vous avais donné
80 derrière un paravent, le jour que je vous avais vu pour la dernière fois. Je louai Dieu qui vous ramenait à moi par tant d'épreuves. Je recommandai à ma vieille d'avoir soin de vous, et de vous amener ici dès qu'elle le pourrait. Elle a très bien exécuté ma commission ; j'ai goûté le plaisir inexprimable de vous revoir, de vous entendre,
85 de vous parler. Vous devez avoir une faim dévorante ; j'ai grand appétit ; commençons par souper. »

Les voilà qui se mettent tous deux à table ; et après le souper, ils se replacent sur ce beau canapé dont on a déjà parlé ; ils y étaient quand le signor don Issacar, l'un des maîtres de la maison, arriva.
90 C'était le jour du sabbat. Il venait jouir de ses droits, et expliquer son tendre amour.

1. **Aimable :** digne d'être aimé.
2. **Prête de :** près de.
3. *Miserere :* « Miserere mei, Deus », psaume chanté.

Chapitre 9

CHAPITRE 9
Ce qui advint de Cunégonde, de Candide, du grand inquisiteur et d'un Juif

Cet Issacar était le plus colérique Hébreu qu'on eût vu dans Israël depuis la captivité en Babylone[1]. « Quoi ! dit-il, chienne de Galiléenne[2], ce n'est pas assez de M. l'inquisiteur ? Il faut que ce coquin partage aussi avec moi ? » En disant cela il tire un long
5 poignard dont il était toujours pourvu, et ne croyant pas que son adverse partie eût des armes, il se jette sur Candide ; mais notre bon Westphalien avait reçu une belle épée de la vieille avec l'habit complet. Il tire son épée, quoiqu'il eût les mœurs fort douces, et vous étend l'Israélite roide mort sur le carreau, aux pieds de la
10 belle Cunégonde.

« Sainte Vierge ! s'écria-t-elle, qu'allons-nous devenir ? Un homme tué chez moi ! si la justice vient, nous sommes perdus. – Si Pangloss n'avait pas été pendu, dit Candide, il nous donnerait un bon conseil dans cette extrémité, car c'était un grand philosophe.
15 À son défaut consultons la vieille. » Elle était fort prudente, et commençait à dire son avis, quand une autre petite porte s'ouvrit. Il était une heure après minuit, c'était le commencement du dimanche. Ce jour appartenait à M. l'inquisiteur. Il entre et voit le fessé Candide l'épée à la main, un mort étendu par terre, Cunégonde effarée, et la
20 vieille donnant des conseils.

Voici dans ce moment ce qui se passa dans l'âme de Candide, et comment il raisonna : « Si ce saint homme appelle du secours, il me fera infailliblement brûler ; il pourra en faire autant de Cunégonde ; il m'a fait fouetter impitoyablement ; il est mon rival ;
25 je suis en train de tuer, il n'y a pas à balancer. » Ce raisonnement fut net et rapide, et sans donner le temps à l'inquisiteur de revenir de sa surprise, il le perce d'outre en outre, et le jette à côté du Juif.

1. **Captivité en Babylone :** les Juifs ont été retenus captifs à Babylone sur l'ordre du roi Nabuchodonosor, en 587 av. J.-C.
2. **Galiléenne :** personne originaire de Nazareth, ville où réside Jésus après le retour d'Égypte, et qui se trouve en Galilée.

41

« En voici bien d'une autre, dit Cunégonde ; il n'y a plus de rémis-
sion ; nous sommes excommuniés, notre dernière heure est venue.
30 Comment avez-vous fait, vous qui êtes né si doux, pour tuer en
deux minutes un Juif et un prélat ? – Ma belle demoiselle, répondit
Candide, quand on est amoureux, jaloux et fouetté par l'Inquisi-
tion, on ne se connaît plus. »

La vieille prit alors la parole et dit : « Il y a trois chevaux anda-
35 lous dans l'écurie, avec leurs selles et leurs brides : que le brave
Candide les prépare ; madame a des moyadors[1] et des diamants :
montons vite à cheval, quoique je ne puisse me tenir que sur une
fesse, et allons à Cadix[2] ; il fait le plus beau temps du monde, et
c'est un grand plaisir de voyager pendant la fraîcheur de la nuit. »

40 Aussitôt Candide selle les trois chevaux. Cunégonde, la vieille
et lui font trente milles d'une traite. Pendant qu'ils s'éloignaient,
la Sainte-Hermandad[3] arrive dans la maison ; on enterre monsei-
gneur dans une belle église, et on jette Issacar à la voirie[4].

Candide, Cunégonde et la vieille étaient déjà dans la petite ville
45 d'Avacéna, au milieu des montagnes de la Sierra Morena[5] ; et ils
parlaient ainsi dans un cabaret.

1. **Moyadors :** monnaie d'or du Portugal.
2. **Cadix :** port espagnol sur l'Atlantique.
3. **La Sainte-Hermendad :** depuis le milieu du XVIᵉ siècle, les forces armées de la
 Sainte-Hermandad, fédération de villes espagnoles apparue au XVᵉ siècle, remplis-
 saient des fonctions policières, d'où ce nom pour désigner ironiquement la police.
4. **Voirie :** lieu d'enlèvement des ordures dans les villes.
5. **Sierra Morena :** massif du sud de l'Espagne.

CHAPITRE 10
Dans quelle détresse Candide, Cunégonde et la vieille arrivent à Cadix, et de leur embarquement

« QUI A DONC PU me voler mes pistoles[1] et mes diamants ? disait en pleurant Cunégonde ; de quoi vivrons-nous ? comment ferons-nous ? où trouver des inquisiteurs et des Juifs qui m'en donnent d'autres ? – Hélas ! dit la vieille, je soupçonne fort un révérend
5 père cordelier[2] qui coucha hier dans la même auberge que nous à Badajoz[3] ; Dieu me garde de faire un jugement téméraire ! mais il entra deux fois dans notre chambre, et il partit longtemps avant nous. – Hélas ! dit Candide, le bon Pangloss m'avait souvent prouvé que les biens de la terre sont communs à tous les hommes,
10 que chacun y a un droit égal. Ce cordelier devait bien, suivant ces principes, nous laisser de quoi achever notre voyage. Il ne vous reste donc rien du tout, ma belle Cunégonde ? – Pas un maravédis[4], dit-elle. – Quel parti prendre ? dit Candide. – Vendons un des chevaux, dit la vieille ; je monterai en croupe derrière made-
15 moiselle, quoique je ne puisse me tenir que sur une fesse, et nous arriverons à Cadix. »

Il y avait dans la même hôtellerie un prieur de bénédictins[5] ; il acheta le cheval bon marché. Candide, Cunégonde et la vieille passèrent par Lucena, par Chillas, par Lebrixa[6], et arrivèrent enfin
20 à Cadix. On y équipait une flotte, et on y assemblait des troupes pour mettre à la raison les révérends pères jésuites du Paraguay[7], qu'on accusait d'avoir fait révolter une de leurs hordes contre les

1. **Pistoles** : écus espagnols.
2. **Cordelier** : religieux de l'ordre de Saint-François-d'Assise, appelé aussi franciscain.
3. **Badajoz** : ville espagnole, proche de la frontière avec le Portugal.
4. **Maravédis** : monnaie espagnole de peu de valeur.
5. **Prieur de bénédictins** : supérieur dans l'ordre de Saint-Benoît.
6. **Par Lucena, par Chillas, par Lebrixa** : villes espagnoles.
7. **Révérends pères jésuites du Paraguay** : supérieurs dans l'ordre des Jésuites résidant dans les Missions du Paraguay au bord des fleuves Paraná et Iguaçu.

rois d'Espagne et de Portugal, auprès de la ville du Saint-Sacrement[1].
Candide, ayant servi chez les Bulgares, fit l'exercice bulgarien
25 devant le général de la petite armée avec tant de grâce, de célé-
rité, d'adresse, de fierté, d'agilité, qu'on lui donna une compagnie
d'infanterie à commander. Le voilà capitaine[2] ; il s'embarque avec
Mlle Cunégonde, la vieille, deux valets et les deux chevaux anda-
lous qui avaient appartenu à M. le grand inquisiteur de Portugal.
30 Pendant toute la traversée ils raisonnèrent beaucoup sur la phi-
losophie du pauvre Pangloss. « Nous allons dans un autre univers,
disait Candide ; c'est dans celui-là sans doute que tout est bien.
Car il faut avouer qu'on pourrait gémir un peu de ce qui se passe
dans le nôtre en physique et en morale. – Je vous aime de tout
35 mon cœur, disait Cunégonde ; mais j'ai encore l'âme tout effa-
rouchée de ce que j'ai vu, de ce que j'ai éprouvé. – Tout ira bien,
répliquait Candide ; la mer de ce nouveau monde vaut déjà mieux
que les mers de notre Europe ; elle est plus calme, les vents plus
constants. C'est certainement le nouveau monde qui est le meilleur
40 des univers possibles. – Dieu le veuille ! disait Cunégonde ; mais
j'ai été si horriblement malheureuse dans le mien que mon cœur
est presque fermé à l'espérance. – Vous vous plaignez, leur dit la
vieille ; hélas ! vous n'avez pas éprouvé des infortunes telles que
les miennes. » Cunégonde se mit presque à rire, et trouva cette
45 bonne femme fort plaisante de prétendre être plus malheureuse
qu'elle. « Hélas ! lui dit-elle, ma bonne, à moins que vous n'ayez
été violée par deux Bulgares, que vous n'ayez reçu deux coups de
couteau dans le ventre, qu'on n'ait démoli deux de vos châteaux,
qu'on n'ait égorgé à vos yeux deux mères et deux pères, et que
50 vous n'ayez vu deux de vos amants fouettés dans un auto-da-fé,
je ne vois pas que vous puissiez l'emporter sur moi ; ajoutez que
je suis née baronne avec soixante et douze quartiers, et que j'ai été
cuisinière. – Mademoiselle, répondit la vieille, vous ne savez pas
quelle est ma naissance ; et si je vous montrais mon derrière, vous
55 ne parleriez pas comme vous faites, et vous suspendriez votre juge-
ment. » Ce discours fit naître une extrême curiosité dans l'esprit de
Cunégonde et de Candide. La vieille leur parla en ces termes.

1. **Saint-Sacrement :** ville du Paraguay (Sacramento).
2. **Capitaine :** grade par lequel Candide commande cent hommes.

CHAPITRE 11
Histoire de la vieille

« JE N'AI pas eu toujours les yeux éraillés[1] et bordés d'écarlate ; mon nez n'a pas toujours touché à mon menton et je n'ai pas toujours été servante. Je suis la fille du pape Urbain X, et de la princesse de Palestrine[2]. On m'éleva jusqu'à quatorze ans dans un
5 palais auquel tous les châteaux de vos barons allemands n'auraient pas servi d'écurie ; et une de mes robes valait mieux que toutes les magnificences de la Westphalie. Je croissais en beauté, en grâces, en talents, au milieu des plaisirs, des respects et des espérances. J'inspirais déjà de l'amour, ma gorge[3] se formait ; et quelle gorge !
10 blanche, ferme, taillée comme celle de la Vénus de Médicis[4] ; et quels yeux ! quelles paupières ! quels sourcils noirs ! quelles flammes brillaient dans mes deux prunelles, et effaçaient la scintillation des étoiles, comme me disaient les poètes du quartier. Les femmes qui m'habillaient et qui me déshabillaient tombaient en extase en me
15 regardant par-devant et par-derrière, et tous les hommes auraient voulu être à leur place.

« Je fus fiancée à un prince souverain de Massa-Carrara[5]. Quel prince ! aussi beau que moi, pétri de douceur et d'agréments, brillant d'esprit et brûlant d'amour. Je l'aimais comme on aime
20 pour la première fois, avec idolâtrie, avec emportement. Les noces furent préparées. C'était une pompe, une magnificence inouïe ; c'étaient des fêtes, des carrousels[6], des opera-buffa[7] continuels et toute l'Italie fit pour moi des sonnets[8] dont il n'y eut pas un seul

1. **Éraillés :** striés de filets rouges.
2. **Palestrine :** Palestrina, au sud de Rome.
3. **Ma gorge :** ma poitrine, mes seins.
4. **Vénus de Médicis :** statue grecque achetée par les Médicis.
5. **Massa-Carrara :** duché de la côte est de l'Italie, en Toscane.
6. **Carrousels :** parades à cheval.
7. **Opera-buffa :** forme d'opéra comique avec des parties chantées et parlées.
8. **Sonnets :** petites pièces poétiques composées de deux quatrains et de deux tercets, inventées par les Italiens.

de passable. Je touchais au moment de mon bonheur, quand une
25 vieille marquise qui avait été maîtresse de mon prince l'invita à
prendre du chocolat chez elle. Il mourut en moins de deux heures
avec des convulsions épouvantables. Mais ce n'est qu'une baga-
telle. Ma mère, au désespoir, et bien moins affligée que moi, voulut
s'arracher pour quelque temps à un séjour si funeste. Elle avait une
30 très belle terre auprès de Gaète[1]. Nous nous embarquâmes sur une
galère du pays, dorée comme l'autel de Saint-Pierre de Rome. Voilà
qu'un corsaire de Salé[2] fond sur nous et nous aborde. Nos soldats
se défendirent comme des soldats du pape : ils se mirent tous à
genoux en jetant leurs armes, et en demandant au corsaire une
35 absolution *in articulo mortis*[3].

« Aussitôt on les dépouilla nus comme des singes, et ma mère
aussi, nos filles d'honneur aussi, et moi aussi. C'est une chose
admirable que la diligence avec laquelle ces messieurs déshabillent
le monde. Mais ce qui me surprit davantage, c'est qu'ils nous
40 mirent à tous le doigt dans un endroit où nous autres femmes nous
ne nous laissons mettre d'ordinaire que des canules[4]. Cette céré-
monie me paraissait bien étrange : voilà comme on juge de tout
quand on n'est pas sorti de son pays. J'appris bientôt que c'était
pour voir si nous n'avions pas caché là quelques diamants : c'est
45 un usage établi de temps immémorial parmi les nations policées
qui courent sur mer. J'ai su que messieurs les religieux chevaliers
de Malte[5] n'y manquent jamais quand ils prennent des Turcs et des
Turques ; c'est une loi du droit des gens à laquelle on n'a jamais
dérogé.

50 « Je ne vous dirai point combien il est dur pour une jeune prin-
cesse d'être menée esclave à Maroc[6] avec sa mère. Vous concevez
assez tout ce que nous eûmes à souffrir dans le vaisseau corsaire.
Ma mère était encore très belle ; nos filles d'honneur, nos simples

1. **Gaète :** port situé au sud de Rome.
2. **Salé :** port marocain, près de Rabat.
3. ***In articulo mortis :*** à l'article de la mort.
4. **Canules :** petits tuyaux adaptés au bout d'une poire à lavement.
5. **Chevaliers de Malte :** ordre religieux et militaire basé sur l'île de Malte, qui a pour
mission de défendre la chrétienté contre les musulmans.
6. **À Maroc :** au Maroc.

femmes de chambre, avaient plus de charmes qu'on n'en peut
55 trouver dans toute l'Afrique. Pour moi, j'étais ravissante, j'étais
la beauté, la grâce même, et j'étais pucelle ; je ne le fus pas long-
temps : cette fleur qui avait été réservée pour le beau prince de
Massa-Carrara me fut ravie par le capitaine corsaire ; c'était un
nègre abominable, qui croyait encore me faire beaucoup d'hon-
60 neur. Certes, il fallait que Mme la princesse de Palestrine et moi
fussions bien fortes pour résister à tout ce que nous éprouvâmes
jusqu'à notre arrivée à Maroc. Mais passons ; ce sont des choses si
communes qu'elles ne valent pas la peine qu'on en parle.

« Maroc nageait dans le sang quand nous arrivâmes. Cinquante
65 fils de l'empereur Muley-Ismaël[1] avaient chacun leur parti : ce qui
produisait en effet cinquante guerres civiles, de noirs contre noirs,
de noirs contre basanés, de basanés contre basanés, de mulâtres
contre mulâtres. C'était un carnage continuel dans toute l'étendue
de l'empire.

70 « À peine fûmes-nous débarqués que des noirs d'une faction
ennemie de celle de mon corsaire se présentèrent pour lui enlever
son butin. Nous étions, après les diamants et l'or, ce qu'il avait de
plus précieux. Je fus témoin d'un combat tel que vous n'en voyez
jamais dans vos climats d'Europe. Les peuples septentrionaux[2]
75 n'ont pas le sang assez ardent. Ils n'ont pas la rage des femmes[3]
au point où elle est commune en Afrique. Il semble que vos
Européens aient du lait dans les veines ; c'est du vitriol, c'est du
feu qui coule dans celles des habitants du mont Atlas[4] et des pays
voisins. On combattit avec la fureur des lions, des tigres et des ser-
80 pents de la contrée, pour savoir à qui nous aurait. Un Maure saisit
ma mère par le bras droit, le lieutenant de mon capitaine la retint
par le bras gauche ; un soldat maure la prit par une jambe, un de
nos pirates la tenait par l'autre. Nos filles se trouvèrent presque
toutes en ce moment tirées ainsi à quatre soldats. Mon capitaine

1. **Muley-Ismaël :** son règne se déroula de 1672 à 1727.
2. **Septentrionaux :** situés au nord.
3. **La rage des femmes :** l'énergie, la force des femmes. Allusion à la théorie des climats de Montesquieu, selon laquelle les climats chauds exciteraient la sensualité des femmes (*Esprit des lois*, 1748).
4. **Atlas :** chaîne de montagnes du nord de l'Afrique, entre le Maroc et l'Algérie.

85 me tenait cachée derrière lui. Il avait le cimeterre au poing, et tuait tout ce qui s'opposait à sa rage. Enfin, je vis toutes nos Italiennes et ma mère déchirées, coupées, massacrées par les monstres qui se les disputaient. Les captifs mes compagnons, ceux qui les avaient pris, soldats, matelots, noirs, basanés, blancs, mulâtres, et enfin

90 mon capitaine, tout fut tué ; et je demeurai mourante sur un tas de morts. Des scènes pareilles se passaient, comme on sait, dans l'étendue de plus de trois cents lieues, sans qu'on manquât aux cinq prières par jour ordonnées par Mahomet.

« Je me débarrassai avec beaucoup de peine de la foule de tant

95 de cadavres sanglants entassés, et je me traînai sous un grand oranger au bord d'un ruisseau voisin ; j'y tombai d'effroi, de lassitude, d'horreur, de désespoir et de faim. Bientôt après, mes sens accablés se livrèrent à un sommeil qui tenait plus de l'évanouissement que du repos. J'étais dans cet état de faiblesse et d'insensibilité,

100 entre la mort et la vie, quand je me sentis pressée de quelque chose qui s'agitait sur mon corps. J'ouvris les yeux, je vis un homme blanc et de bonne mine qui soupirait, et qui disait entre ses dents : *O che sciagura d'essere senza c ... !*[1]

CHAPITRE 12
Suite des malheurs de la vieille

« ÉTONNÉE et ravie d'entendre la langue de ma patrie, et non moins surprise des paroles que proférait cet homme, je lui répondis qu'il y avait de plus grands malheurs que celui dont il se plaignait. Je l'instruisis en peu de mots des horreurs que j'avais essuyées, et je

5 retombai en faiblesse. Il m'emporta dans une maison voisine, me fit mettre au lit, me fit donner à manger, me servit, me consola, me flatta, me dit qu'il n'avait rien vu de si beau que moi, et que jamais il n'avait tant regretté ce que personne ne pouvait lui rendre. – « Je

1. **C...** : coglioni (« Ah ! quel malheur d'être sans c... ! »).

suis né à Naples, me dit-il, on y chaponne[1] deux ou trois mille
10 enfants tous les ans ; les uns en meurent, les autres acquièrent une
voix plus belle que celle des femmes, les autres vont gouverner
des États. On me fit cette opération avec un très grand succès, et
j'ai été musicien[2] de la chapelle de Mme la princesse de Palestrine.
– De ma mère ! m'écriai-je. – De votre mère ! s'écria-t-il en pleu-
15 rant. Quoi ! vous seriez cette jeune princesse que j'ai élevée jusqu'à
l'âge de six ans, et qui promettait déjà d'être aussi belle que vous
êtes ? – C'est moi-même ; ma mère est à quatre cents pas d'ici, cou-
pée en quartiers sous un tas de morts... »

« Je lui contai tout ce qui m'était arrivé ; il me conta aussi ses
20 aventures, et m'apprit comment il avait été envoyé chez le roi
de Maroc par une puissance chrétienne, pour conclure avec ce
monarque un traité, par lequel on lui fournirait de la poudre, des
canons et des vaisseaux, pour l'aider à exterminer le commerce
des autres chrétiens. – « Ma mission est faite, me dit cet honnête
25 eunuque ; je vais m'embarquer à Ceuta[3], et je vous ramènerai en
Italie. *Ma che sciagura d'essere senza c... !* »

« Je le remerciai avec des larmes d'attendrissement ; et au lieu de
me mener en Italie, il me conduisit à Alger, et me vendit au dey[4] de
cette province. À peine fus-je vendue que cette peste qui a fait le
30 tour de l'Afrique, de l'Asie et de l'Europe, se déclara dans Alger avec
fureur. Vous avez vu des tremblements de terre ; mais, mademoi-
selle, avez-vous jamais eu la peste ? – Jamais, répondit la baronne.

– Si vous l'aviez eue, reprit la vieille, vous avoueriez qu'elle est
bien au-dessus d'un tremblement de terre. Elle est fort commune
35 en Afrique ; j'en fus attaquée. Figurez-vous quelle situation pour
la fille d'un pape, âgée de quinze ans, qui en trois mois de temps
avait éprouvé la pauvreté, l'esclavage, avait été violée presque
tous les jours, avait vu couper sa mère en quatre, avait essuyé la
faim et la guerre, et mourait pestiférée dans Alger. Je n'en mourus
40 pourtant pas. Mais mon eunuque et le dey, et presque tout le sérail
d'Alger, périrent.

1. **Chaponne :** castre.
2. **Musicien :** chanteur.
3. **Ceuta :** port espagnol, face à Gibraltar.
4. **Dey :** gouverneur d'Alger dépendant du sultan de Constantinople.

Candide ou l'Optimisme

« Quand les premiers ravages de cette épouvantable peste furent passés, on vendit les esclaves du dey. Un marchand m'acheta et me mena à Tunis ; il me vendit à un autre marchand, qui me revendit
50 à Tripoli ; de Tripoli je fus revendue à Alexandrie, d'Alexandrie revendue à Smyrne, de Smyrne à Constantinople. J'appartins enfin à un aga[1] des janissaires, qui fut bientôt commandé pour aller défendre Azof[2] contre les Russes qui l'assiégeaient.

« L'aga, qui était un très galant homme, mena avec lui tout son
55 sérail, et nous logea dans un petit fort sur les Palus-Méotides[3], gardé par deux eunuques noirs et vingt soldats. On tua prodigieusement de Russes, mais ils nous le rendirent bien. Azof fut mis à feu et à sang, et on ne pardonna ni au sexe ni à l'âge ; il ne resta que notre petit fort ; les ennemis voulurent nous prendre par
60 famine[4]. Les vingt janissaires avaient juré de ne se jamais rendre. Les extrémités de la faim où ils furent réduits les contraignirent à manger nos deux eunuques, de peur de violer leur serment. Au bout de quelques jours, ils résolurent de manger les femmes.

« Nous avions un iman[5] très pieux et très compatissant, qui leur
65 fit un beau sermon par lequel il leur persuada de ne nous pas tuer tout à fait. « Coupez, dit-il, seulement une fesse à chacune de ces dames, vous ferez très bonne chère ; s'il faut y revenir, vous en aurez encore autant dans quelques jours ; le ciel vous saura gré d'une action si charitable, et vous serez secourus. »

70 « Il avait beaucoup d'éloquence ; il les persuada. On nous fit cette horrible opération. L'iman nous appliqua le même baume qu'on met aux enfants qu'on vient de circoncire. Nous étions toutes à la mort.

« À peine les janissaires eurent-ils fait le repas que nous leur
75 avions fourni que les Russes arrivent sur des bateaux plats ; il ne réchappa pas un janissaire. Les Russes ne firent aucune attention à l'état où nous étions. Il y a partout des chirurgiens français : un

1. **Aga** : général des janissaires, corps d'élite de l'armée turque.
2. **Azof** : port de la mer Noire, conquis sur les Turcs par le tsar Pierre le Grand en 1696.
3. **Palus Méotides** : sur les bords marécageux de la mer d'Azof.
4. **Nous prendre par famine** : nous faire capituler en bloquant nos sources d'approvisionnement.
5. **Iman** : ministre du culte musulman.

d'eux, qui était fort adroit, prit soin de nous ; il nous guérit, et je
me souviendrai toute ma vie que, quand les plaies furent bien
80 fermées, il me fit des propositions. Au reste, il nous dit à toutes de
nous consoler ; il nous assura que dans plusieurs sièges pareille
chose était arrivée, et que c'était la loi de la guerre.

« Dès que mes compagnes purent marcher, on les fit aller à
Moscou. J'échus en partage à un boyard[1] qui me fit sa jardinière,
85 et qui me donnait vingt coups de fouet par jour. Mais ce seigneur
ayant été roué au bout de deux ans avec une trentaine de boyards
pour quelque tracasserie de cour[2], je profitai de cette aventure ; je
m'enfuis ; je traversai toute la Russie ; je fus longtemps servante
de cabaret à Riga, puis à Rostock, à Vismar, à Leipsick, à Cassel, à
90 Utrecht, à Leyde, à La Haye, à Rotterdam[3] : j'ai vieilli dans la misère
et dans l'opprobre[4], n'ayant que la moitié d'un derrière, me sou-
venant toujours que j'étais fille d'un pape ; je voulus cent fois me
tuer, mais j'aimais encore la vie. Cette faiblesse ridicule est peut-
être un de nos penchants les plus funestes ; car y a t-il rien de plus
95 sot que de vouloir porter continuellement un fardeau qu'on peut
toujours jeter par terre ? d'avoir son être en horreur, et de tenir à
son être ? enfin de caresser le serpent qui nous dévore, jusqu'à ce
qu'il nous ait mangé le cœur ?

« J'ai vu dans les pays que le sort m'a fait parcourir, et dans les
100 cabarets où j'ai servi, un nombre prodigieux de personnes qui
avaient leur existence en exécration ; mais je n'en ai vu que douze
qui aient mis volontairement fin à leur misère : trois nègres, quatre
Anglais, quatre Genevois et un professeur allemand nommé
Robeck. J'ai fini par être servante chez le Juif don Issacar ; il me
105 mit auprès de vous, ma belle demoiselle ; je me suis attachée à
votre destinée, et j'ai été plus occupée de vos aventures que des
miennes. Je ne vous aurais même jamais parlé de mes malheurs,

1. **Boyard :** noble russe.
2. **Quelque tracasserie de cour :** allusion à la révolte des boyards qui fut étouffée par Ivan le Terrible et Pierre le Grand.
3. **Riga [...] à Rotterdam :** Riga est sur la mer Baltique, Rostock et Wismar sont des ports allemands, Leipzig est en Saxe, Utrecht, Leyde, La Haye et Rotterdam sont en Hollande.
4. **Opprobre :** honte.

si vous ne m'aviez pas un peu piquée[1], et s'il n'était d'usage dans un vaisseau de conter des histoires pour se désennuyer. Enfin,
110 Mademoiselle, j'ai de l'expérience, je connais le monde ; donnez-vous un plaisir, engagez chaque passager à vous conter son histoire ; et s'il s'en trouve un seul qui n'ait souvent maudit sa vie, qui ne se soit souvent dit à lui-même qu'il était le plus malheureux des hommes, jetez-moi dans la mer la tête la première. »

CHAPITRE 13
Comment Candide fut obligé de se séparer de la belle Cunégonde et de la vieille

LA BELLE Cunégonde, ayant entendu l'histoire de la vieille, lui fit toutes les politesses qu'on devait à une personne de son rang et de son mérite. Elle accepta la proposition ; elle engagea tous les passagers l'un après l'autre à lui conter leurs aventures. Candide et elle
5 avouèrent que la vieille avait raison. « C'est bien dommage, disait Candide, que le sage Pangloss ait été pendu contre la coutume dans un auto-da-fé ; il nous dirait des choses admirables sur le mal physique et sur le mal moral qui couvrent la terre et la mer et je me sentirais assez de force pour oser lui faire respectueusement
10 quelques objections. »
À mesure que chacun racontait son histoire, le vaisseau avançait. On aborda dans Buenos Aires[2]. Cunégonde, le capitaine Candide et la vieille allèrent chez le gouverneur Don Fernando d'Ibaraa, y Figueora, y Mascarenes, y Lampourdos, y Souza. Ce

1. **Piquée :** vexée.
2. **Buenos Aires :** capitale du gouvernement du Rio de la Plata, aujourd'hui capitale de l'Argentine.

15 seigneur avait une fierté convenable à[1] un homme qui portait tant de noms. Il parlait aux hommes avec le dédain le plus noble, portant le nez si haut, élevant si impitoyablement la voix, prenant un ton si imposant, affectant une démarche si altière, que tous ceux qui le saluaient étaient tentés de le battre. Il aimait les femmes

20 à la fureur. Cunégonde lui parut ce qu'il avait jamais vu de plus beau. La première chose qu'il fit fut de demander si elle n'était point la femme du capitaine. L'air dont il fit cette question alarma Candide : il n'osa pas dire qu'elle était sa femme, parce qu'en effet elle ne l'était point ; il n'osait pas dire que c'était sa sœur, parce

25 qu'elle ne l'était pas non plus ; et quoique ce mensonge officieux eût été autrefois très à la mode chez les anciens[2], et qu'il pût être utile aux modernes, son âme était trop pure pour trahir la vérité. « Mlle Cunégonde, dit-il, doit me faire l'honneur de m'épouser, et nous supplions Votre Excellence de daigner faire notre noce. »

30 Don Fernando d'Ibaraa, y Figueora, y Mascarenes, y Lampourdos, y Souza, relevant sa moustache, sourit amèrement, et ordonna au capitaine Candide d'aller faire la revue de sa compagnie. Candide obéit ; le gouverneur demeura avec Mlle Cunégonde. Il lui déclara sa passion, lui protesta que le lendemain il l'épouserait à la face de

35 l'Église, ou autrement, ainsi qu'il plairait à ses charmes. Cunégonde lui demanda un quart d'heure pour se recueillir, pour consulter la vieille et pour se déterminer.

La vieille dit à Cunégonde : « Mademoiselle, vous avez soixante et douze quartiers, et pas une obole ; il ne tient qu'à vous d'être la

40 femme du plus grand seigneur de l'Amérique méridionale, qui a une très belle moustache ; est-ce à vous de vous piquer d'une fidélité à toute épreuve ? Vous avez été violée par les Bulgares ; un Juif et un inquisiteur ont eu vos bonnes grâces : les malheurs donnent des droits. J'avoue que, si j'étais à votre place, je ne ferais aucun

45 scrupule d'épouser M. le gouverneur et de faire la fortune de M. le capitaine Candide. » Tandis que la vieille parlait avec toute la prudence que l'âge et l'expérience donnent, on vit entrer dans le port

1. **Fierté convenable à :** orgueil bien en rapport avec...
2. **Eût été autrefois très à la mode chez les anciens :** allusion à certains passages de la Bible où Abraham fait passer sa femme pour sa sœur, où son fils Isaac fait de même avec Rebecca.

un petit vaisseau ; il portait un alcade et des alguazils[1], et voici ce qui était arrivé.

50 La vieille avait très bien deviné que ce fut un cordelier à la grande manche[2] qui vola l'argent et les bijoux de Cunégonde dans la ville de Badajoz, lorsqu'elle fuyait en hâte avec Candide. Ce moine voulut vendre quelques-unes des pierreries à un joaillier. Le marchand les reconnut pour celles du grand inquisiteur. Le
55 cordelier, avant d'être pendu, avoua qu'il les avait volées ; il indiqua les personnes et la route qu'elles prenaient. La fuite de Cunégonde et de Candide était déjà connue. On les suivit à Cadix ; on envoya sans perdre temps un vaisseau à leur poursuite. Le vaisseau était déjà dans le port de Buenos Aires. Le bruit se répandit
60 qu'un alcade allait débarquer, et qu'on poursuivait les meurtriers de monseigneur le grand inquisiteur. La prudente vieille vit dans l'instant tout ce qui était à faire. « Vous ne pouvez fuir, dit-elle à Cunégonde, et vous n'avez rien à craindre ; ce n'est pas vous qui avez tué monseigneur ; et d'ailleurs le gouverneur, qui vous aime,
65 ne souffrira pas qu'on vous maltraite ; demeurez. » Elle court sur-le-champ à Candide : « Fuyez, dit-elle, ou dans une heure vous allez être brûlé. » Il n'y avait pas un moment à perdre ; mais comment se séparer de Cunégonde, et où se réfugier ?

CHAPITRE 14
Comment Candide et Cacambo furent reçus chez les Jésuites du Paraguay

CANDIDE avait amené de Cadix un valet tel qu'on en trouve beaucoup sur les côtes d'Espagne et dans les colonies. C'était un quart

1. **Un alcade et des alguazils :** un juge de paix et des policiers chargés d'exécuter ses ordres.
2. **La grande manche :** le costume des cordeliers comportait de larges manches.

d'Espagnol[1], né d'un métis dans le Tucuman[2] ; il avait été enfant de chœur, sacristain, matelot, moine, facteur[3], soldat, laquais. Il s'appe-
5 lait Cacambo, et aimait fort son maître parce que son maître était un fort bon homme. Il sella au plus vite les deux chevaux anda-lous. « Allons, mon maître, suivons le conseil de la vieille ; partons, et courons sans regarder derrière nous. » Candide versa des larmes. « Ô ma chère Cunégonde ! faut-il vous abandonner dans le temps
10 que M. le gouverneur va faire vos noces ! Cunégonde amenée de si loin, que deviendrez-vous ? – Elle deviendra ce qu'elle pourra, dit Cacambo ; les femmes ne sont jamais embarrassées d'elles ; Dieu y pourvoit ; courons. – Où me mènes-tu ? où allons-nous ? que ferons-nous sans Cunégonde ? disait Candide. – Par saint
15 Jacques de Compostelle, dit Cacambo, vous alliez faire la guerre aux jésuites ; allons la faire pour eux : je sais assez les chemins, je vous mènerai dans leur royaume[4], ils seront charmés d'avoir un capitaine qui fasse l'exercice à la bulgare ; vous ferez une fortune prodigieuse ; quand on n'a pas son compte dans un monde, on le
20 trouve dans un autre. C'est un très grand plaisir de voir et de faire des choses nouvelles.

– Tu as donc été déjà dans le Paraguay ? dit Candide. – Eh vraiment oui ! dit Cacambo ; j'ai été cuistre[5] dans le collège de l'Assomption[6], et je connais le gouvernement de Los Padres comme
25 je connais les rues de Cadix. C'est une chose admirable que ce gouvernement. Le royaume a déjà plus de trois cents lieues de dia-mètre ; il est divisé en trente provinces. Los Padres[7] y ont tout, et les peuples rien. C'est le chef-d'œuvre de la raison et de la justice. Pour moi, je ne vois rien de si divin que Los Padres, qui font ici
30 la guerre au roi d'Espagne et au roi de Portugal, et qui en Europe confessent ces rois ; qui tuent ici des Espagnols, et qui à Madrid

1. **Quart d'Espagnol :** enfant d'un Blanc et d'une mulâtresse ou d'une mulâtre et d'un Blanc.
2. **Tucuman :** province du Paraguay.
3. **Facteur :** personne faisant du commerce pour le compte d'un autre.
4. **Royaume :** allusion à une croyance répandue alors qu'un jésuite s'était fait élire roi du Paraguay.
5. **Cuistre :** valet.
6. **Assomption :** Asunción, capitale de l'État jésuite du Paraguay.
7. **Los Padres :** les Pères jésuites.

les envoient au ciel : cela me ravit ; avançons ; vous allez être le plus heureux de tous les hommes. Quel plaisir auront Los Padres quand ils sauront qu'il leur vient un capitaine qui sait l'exercice
35 bulgare[1] ! »

Dès qu'ils furent arrivés à la première barrière, Cacambo dit à la garde avancée[2] qu'un capitaine demandait à parler à monseigneur le commandant. On alla avertir la grande garde. Un officier paraguain courut aux pieds du commandant lui donner part de
40 la nouvelle. Candide et Cacambo furent d'abord désarmés ; on se saisit de leurs deux chevaux andalous. Les deux étrangers sont introduits au milieu de deux files de soldats ; le commandant était au bout, le bonnet à trois cornes[3] en tête, la robe retroussée, l'épée au côté, l'esponton[4] à la main. Il fit un signe ; aussitôt vingt-quatre
45 soldats entourent les deux nouveaux venus. Un sergent leur dit qu'il faut attendre, que le commandant ne peut leur parler, que le révérend père provincial ne permet pas qu'aucun Espagnol ouvre la bouche qu'en sa présence, et demeure plus de trois heures dans le pays. « Et où est le révérend père provincial[5] ? dit Cacambo.
50 – Il est à la parade après avoir dit sa messe, répondit le sergent ; et vous ne pourrez baiser ses éperons que dans trois heures. – Mais, dit Cacambo, monsieur le capitaine, qui meurt de faim comme moi, n'est point Espagnol, il est Allemand ; ne pourrions-nous point déjeuner en attendant Sa Révérence ? »
55 Le sergent alla sur-le-champ rendre compte de ce discours au commandant. « Dieu soit béni ! dit ce seigneur ; puisqu'il est Allemand, je peux lui parler ; qu'on le mène dans ma feuillée[6]. » Aussitôt on conduit Candide dans un cabinet de verdure[7] orné d'une très jolie colonnade de marbre vert et or, et de treillages qui
60 renfermaient des perroquets, des colibris, des oiseaux-mouches, des pintades, et tous les oiseaux les plus rares. Un excellent déjeu-

1. **L'exercice bulgare :** la discipline de l'armée prussienne était réputée.
2. **La garde avancée :** les avant-postes.
3. **Bonnet à trois cornes :** coiffure des jésuites.
4. **Esponton :** demi-pique.
5. **Révérend père provincial :** père supérieur de chacune des trente provinces.
6. **Feuillée :** abri fait de feuillage.
7. **Cabinet de verdure :** pavillon entouré d'un jardin ou d'un parc.

ner était préparé dans des vases[1] d'or ; et tandis que les Paraguains mangèrent du maïs dans des écuelles de bois, en plein champ, à l'ardeur du soleil, le révérend père commandant entra dans la
65 feuillée.

C'était un très beau jeune homme, le visage plein, assez blanc, haut en couleur, le sourcil relevé, l'œil vif, l'oreille rouge, les lèvres vermeilles, l'air fier, mais d'une fierté qui n'était ni celle d'un Espagnol ni celle d'un jésuite. On rendit à Candide et à Cacambo
70 leurs armes, qu'on leur avait saisies, ainsi que les deux chevaux andalous ; Cacambo leur fit manger de l'avoine auprès de la feuillée, ayant toujours l'œil sur eux, crainte de surprise.

Candide baisa d'abord le bas de la robe du commandant, ensuite ils se mirent à table. « Vous êtes donc allemand ? lui dit le jésuite
75 en cette langue. – Oui, mon Révérend Père », dit Candide. L'un et l'autre, en prononçant ces paroles, se regardaient avec une extrême surprise et une émotion dont ils n'étaient pas les maîtres. « Et de quel pays d'Allemagne êtes-vous ? dit le jésuite. – De la sale province de Westphalie, dit Candide : je suis né dans le château
80 de Thunder-ten-tronckh. – Ô ciel ! est-il possible ? s'écria le commandant. – Quel miracle ! s'écria Candide. – Serait-ce vous ? dit le commandant. – Cela n'est pas possible », dit Candide. Ils se laissent tomber tous deux à la renverse, ils s'embrassent, ils versent des ruisseaux de larmes. « Quoi ! serait-ce vous, mon Révérend Père ?
85 vous, le frère de la belle Cunégonde ! vous, qui fûtes tué par les Bulgares ! vous, le fils de M. le baron ! vous, jésuite au Paraguay ! Il faut avouer que ce monde est une étrange chose. Ô Pangloss ! Pangloss ! que vous seriez aise si vous n'aviez pas été pendu ! »

Le commandant fit retirer les esclaves nègres et les Paraguains
90 qui servaient à boire dans des gobelets de cristal de roche. Il remercia Dieu et saint Ignace[2] mille fois ; il serrait Candide entre ses bras ; leurs visages étaient baignés de pleurs. « Vous seriez bien plus étonné, plus attendri, plus hors de vous-même, dit Candide, si je vous disais que Mlle Cunégonde, votre sœur, que vous avez
95 crue éventrée, est pleine de santé. – Où ? – Dans votre voisinage,

1. **Vases :** tout récipient.
2. **Saint Ignace :** saint Ignace de Loyola (1491-1556), fondateur de l'ordre des Jésuites en 1534.

chez M. le gouverneur de Buenos Aires ; et je venais pour vous faire la guerre. » Chaque mot qu'ils prononcèrent dans cette longue conversation accumulait prodige sur prodige. Leur âme tout entière volait sur leur langue, était attentive dans leurs oreilles et
100 étincelante dans leurs yeux. Comme ils étaient allemands, ils tinrent table longtemps, en attendant le révérend père provincial ; et le commandant parla ainsi à son cher Candide.

CHAPITRE 15
Comment Candide tua le frère de sa chère Cunégonde

« J'AURAI toute ma vie présent à la mémoire le jour horrible où je vis tuer mon père et ma mère, et violer ma sœur. Quand les Bulgares furent retirés, on ne trouva point cette sœur adorable, et on mit dans une charrette ma mère, mon père et moi, deux servantes
5 et trois petits garçons égorgés, pour nous aller enterrer dans une chapelle de jésuites, à deux lieues du château de mes pères. Un jésuite nous jeta de l'eau bénite ; elle était horriblement salée ; il en entra quelques gouttes dans mes yeux ; le père s'aperçut que ma paupière faisait un petit mouvement : il mit la main sur mon cœur
10 et le sentit palpiter ; je fus secouru, et, au bout de trois semaines, il n'y paraissait pas. Vous savez, mon cher Candide, que j'étais fort joli, je le devins encore davantage ; aussi le révérend père Croust, supérieur de la maison, prit pour moi la plus tendre amitié ; il me donna l'habit de novice ; quelque temps après je fus envoyé à
15 Rome. Le père général avait besoin d'une recrue de jeunes jésuites allemands. Les souverains du Paraguay reçoivent le moins qu'ils peuvent de jésuites espagnols ; ils aiment mieux les étrangers, dont ils se croient plus maîtres. Je fus jugé propre par le révérend

père général pour aller travailler dans cette vigne[1]. Nous partîmes,
20 un Polonais, un Tyrolien et moi. Je fus honoré, en arrivant, du sous-
diaconat[2] et d'une lieutenance ; je suis aujourd'hui colonel et prêtre.
Nous recevons vigoureusement les troupes du roi d'Espagne ; je vous
réponds qu'elles seront excommuniées et battues. La Providence
vous envoie ici pour nous seconder. Mais est-il bien vrai que ma
25 chère sœur Cunégonde soit dans le voisinage, chez le gouverneur
de Buenos Aires ? » Candide l'assura par serment que rien n'était
plus vrai. Leurs larmes recommencèrent à couler.

Le baron ne pouvait se lasser d'embrasser Candide ; il l'appelait
son frère, son sauveur. « Ah ! peut-être, lui dit-il, nous pourrons
30 ensemble, mon cher Candide, entrer en vainqueurs dans la ville,
et reprendre ma sœur Cunégonde. – C'est tout ce que je souhaite,
dit Candide ; car je comptais l'épouser, et je l'espère encore. – Vous,
insolent ! répondit le baron, vous auriez l'impudence d'épouser
ma sœur qui a soixante et douze quartiers ! Je vous trouve bien
35 effronté d'oser me parler d'un dessein si téméraire ! » Candide,
pétrifié d'un tel discours, lui répondit : « Mon Révérend Père, tous
les quartiers du monde n'y font rien ; j'ai tiré votre sœur des bras
d'un Juif et d'un inquisiteur ; elle m'a assez d'obligations, elle veut
m'épouser. Maître Pangloss m'a toujours dit que les hommes sont
40 égaux, et assurément je l'épouserai. – C'est ce que nous verrons,
coquin ! » dit le jésuite baron de Thunder-ten-tronckh, et en même
temps il lui donna un grand coup du plat de son épée sur le visage.
Candide dans l'instant tire la sienne et l'enfonce jusqu'à la garde
dans le ventre du baron jésuite ; mais, en la retirant toute fumante,
45 il se mit à pleurer : « Hélas ! mon Dieu, dit-il, j'ai tué mon ancien
maître, mon ami, mon beau-frère ; je suis le meilleur homme du
monde, et voilà déjà trois hommes que je tue ; et dans ces trois il y
a deux prêtres. »

Cacambo, qui faisait sentinelle à la porte de la feuillée, accourut.
50 « Il ne nous reste qu'à vendre cher notre vie, lui dit son maître :
on va sans doute entrer dans la feuillée, il faut mourir les armes à
la main. » Cacambo, qui en avait vu bien d'autres, ne perdit point
la tête ; il prit la robe de jésuite que portait le baron, la mit sur

1. **Dans cette vigne :** allusion aux vignes du Seigneur, dans la Bible.

2. **Sous-diaconat :** ordre inférieur à la prêtrise.

le corps de Candide, lui donna le bonnet carré du mort, et le fit
55 monter à cheval. Tout cela se fit en un clin d'œil. « Galopons, mon
maître ; tout le monde vous prendra pour un jésuite qui va donner
des ordres ; et nous aurons passé les frontières avant qu'on puisse
courir après nous. » Il volait déjà en prononçant ces paroles, et en
criant en espagnol : « Place, place pour le révérend père colonel. »

CHAPITRE 16
Ce qui advint aux deux voyageurs
avec deux filles, deux singes et les sauvages
nommés Oreillons

CANDIDE et son valet furent au-delà des barrières[1], et personne ne
savait encore dans le camp la mort du jésuite allemand. Le vigilant
Cacambo avait eu soin de remplir sa valise[2] de pain, de chocolat,
de jambon, de fruits et de quelques mesures de vin. Ils s'enfon-
5 cèrent avec leurs chevaux andalous dans un pays inconnu, où ils
ne découvrirent aucune route. Enfin une belle prairie entrecoupée
de ruisseaux se présenta devant eux. Nos deux voyageurs font
repaître leurs montures. Cacambo propose à son maître de manger,
et lui en donne l'exemple. « Comment veux-tu, disait Candide, que
10 je mange du jambon, quand j'ai tué le fils de M. le baron, et que je
me vois condamné à ne revoir la belle Cunégonde de ma vie ? à
quoi me servira de prolonger mes misérables jours, puisque je dois
les traîner loin d'elle dans les remords et dans le désespoir ? et que
dira le journal de Trévoux[3] ? »

1. **Barrières :** limites de l'enceinte.
2. **Valise :** sac de cuir installé derrière la selle du cheval.
3. **Journal de Trévoux :** journal propre aux jésuites, fondé en 1701 à Trévoux (dans le
 département actuel de l'Ain) et opposé aux idées des Philosophes.

15 En parlant ainsi, il ne laissa pas de¹ manger. Le soleil se couchait.
Les deux égarés entendirent quelques petits cris qui paraissaient
poussés par des femmes. Ils ne savaient si ces cris étaient de dou-
leur ou de joie ; mais ils se levèrent précipitamment avec cette
inquiétude et cette alarme que tout inspire dans un pays inconnu.
20 Ces clameurs partaient de deux filles toutes nues qui couraient
légèrement au bord de la prairie, tandis que deux singes les sui-
vaient en leur mordant les fesses. Candide fut touché de pitié ; il
avait appris à tirer chez les Bulgares, et il aurait abattu une noi-
sette dans un buisson sans toucher aux feuilles. Il prend son fusil
25 espagnol à deux coups, tire, et tue les deux singes. « Dieu soit loué,
mon cher Cacambo ! j'ai délivré d'un grand péril ces deux pauvres
créatures ; si j'ai commis un péché en tuant un inquisiteur et un
jésuite, je l'ai bien réparé en sauvant la vie à deux filles. Ce sont
peut-être deux demoiselles de condition², et cette aventure nous
30 peut procurer de très grands avantages dans le pays. »
 Il allait continuer, mais sa langue devint percluse³ quand il vit
ces deux filles embrasser tendrement les deux singes, fondre en
larmes sur leurs corps et remplir l'air des cris les plus doulou-
reux. « Je ne m'attendais pas à tant de bonté d'âme », dit-il enfin
35 à Cacambo ; lequel lui répliqua : « Vous avez fait là un beau
chef-d'œuvre, mon maître ; vous avez tué les deux amants de ces
demoiselles. – Leurs amants ! serait-il possible ? vous vous moquez
de moi, Cacambo ; le moyen de vous croire ? – Mon cher maître,
reprit Cacambo, vous êtes toujours étonné de tout ; pourquoi
40 trouvez-vous si étrange que dans quelques pays il y ait des singes
qui obtiennent les bonnes grâces des dames ? Ils sont des quarts
d'hommes, comme je suis un quart d'Espagnol. – Hélas ! reprit
Candide, je me souviens d'avoir entendu dire à maître Pangloss
qu'autrefois pareils accidents étaient arrivés, et que ces mélanges
45 avaient produit des égipans, des faunes, des satyres⁴ ; que plu-

1. **Ne laissa pas de :** n'arrêta pas de.
2. **De condition :** nobles.
3. **Percluse :** paralysée.
4. **Des égipans, des faunes, des satyres :** figures mythologiques, mi-humaines mi-
 animales, appartenant au cortège de Dionysos-Bacchus, dieu de l'Outre-tombe, du
 vin et de la génération.

sieurs grands personnages de l'Antiquité en avaient vu ; mais je prenais cela pour des fables. – Vous devez être convaincu à présent, dit Cacambo, que c'est une vérité, et vous voyez comment en usent les personnes qui n'ont pas reçu une certaine éducation ;
50 tout ce que je crains, c'est que ces dames ne nous fassent quelque méchante affaire. »

Ces réflexions solides engagèrent Candide à quitter la prairie et à s'enfoncer dans un bois. Il y soupa avec Cacambo ; et tous deux, après avoir maudit l'inquisiteur de Portugal, le gouverneur
55 de Buenos Aires et le baron, s'endormirent sur de la mousse. À leur réveil, ils sentirent qu'ils ne pouvaient remuer ; la raison en était que pendant la nuit les Oreillons, habitants du pays, à qui les deux dames les avaient dénoncés, les avaient garrottés avec des cordes d'écorce d'arbre. Ils étaient entourés d'une cinquantaine
60 d'Oreillons tout nus, armés de flèches, de massues et de haches de caillou : les uns faisaient bouillir une grande chaudière ; les autres préparaient des broches, et tous criaient : « C'est un jésuite, c'est un jésuite ! nous serons vengés, et nous ferons bonne chère ; mangeons du jésuite, mangeons du jésuite ! »

65 « Je vous l'avais bien dit, mon cher maître, s'écria tristement Cacambo, que ces deux filles nous joueraient un mauvais tour. » Candide, apercevant la chaudière et les broches, s'écria : « Nous allons certainement être rôtis ou bouillis. Ah ! que dirait maître Pangloss, s'il voyait comme la pure nature[1] est faite ? Tout est bien ;
70 soit, mais j'avoue qu'il est bien cruel d'avoir perdu Mlle Cunégonde et d'être mis à la broche par des Oreillons. » Cacambo ne perdait jamais la tête. « Ne désespérez de rien, dit-il au désolé Candide ; j'entends un peu le jargon de ces peuples, je vais leur parler. – Ne manquez pas, dit Candide, de leur représenter quelle est l'inhuma-
75 nité affreuse de faire cuire des hommes, et combien cela est peu chrétien. »

« Messieurs, dit Cacambo, vous comptez donc manger aujourd'hui un jésuite : c'est très bien fait ; rien n'est plus juste que de traiter ainsi ses ennemis. En effet le droit naturel nous
80 enseigne à tuer notre prochain, et c'est ainsi qu'on en agit dans toute la terre. Si nous n'usons pas du droit de le manger, c'est que

1. **La pure nature :** l'état de nature.

nous avons d'ailleurs de quoi faire bonne chère ; mais vous n'avez
pas les mêmes ressources que nous ; certainement il vaut mieux
manger ses ennemis que d'abandonner aux corbeaux et aux cor-
85 neilles le fruit de sa victoire. Mais, Messieurs, vous ne voudriez pas
manger vos amis. Vous croyez aller mettre un jésuite en broche, et
c'est votre défenseur, c'est l'ennemi de vos ennemis que vous allez
rôtir. Pour moi, je suis né dans votre pays ; monsieur que vous
voyez est mon maître, et, bien loin d'être jésuite, il vient de tuer un
90 jésuite, il en porte les dépouilles : voilà le sujet de votre méprise.
Pour vérifier ce que je vous dis, prenez sa robe, portez-la à la pre-
mière barrière du royaume de Los Padres ; informez-vous si mon
maître n'a pas tué un officier jésuite. Il vous faudra peu de temps ;
vous pourrez toujours nous manger si vous trouvez que je vous
95 ai menti. Mais, si je vous ai dit la vérité, vous connaissez trop les
principes du droit public, les mœurs et les lois, pour ne nous pas
faire grâce. »

Les Oreillons trouvèrent ce discours très raisonnable ; ils dépu-
tèrent deux notables pour aller en diligence s'informer de la
100 vérité ; les deux députés s'acquittèrent de leur commission en
gens d'esprit, et revinrent bientôt apporter de bonnes nouvelles.
Les Oreillons délièrent leurs deux prisonniers, leur firent toutes
sortes de civilités, leur offrirent des filles, leur donnèrent des
rafraîchissements, et les reconduisirent jusqu'aux confins de leurs
105 États, en criant avec allégresse : « Il n'est point jésuite, il n'est point
jésuite ! »

Candide ne se lassait point d'admirer le sujet de sa délivrance.
« Quel peuple ! disait-il, quels hommes ! quelles mœurs ! Si je
n'avais pas eu le bonheur de donner un grand coup d'épée au
110 travers du corps du frère de Mlle Cunégonde, j'étais mangé sans
rémission. Mais, après tout, la pure nature est bonne, puisque ces
gens-ci, au lieu de me manger, m'ont fait mille honnêtetés dès
qu'ils ont su que je n'étais pas jésuite. »

CHAPITRE 17
Arrivée de Candide et de son valet au pays d'Eldorado[1], et ce qu'ils y virent

QUAND ils furent aux frontières des Oreillons : « Vous voyez, dit Cacambo à Candide, que cet hémisphère-ci ne vaut pas mieux que l'autre : croyez-moi, retournons en Europe par le plus court. – Comment y retourner ? dit Candide, et où aller ? Si je vais dans
5 mon pays, les Bulgares et les Abares y égorgent tout ; si je retourne en Portugal, j'y suis brûlé ; si nous restons dans ce pays-ci, nous risquons à tout moment d'être mis en broche. Mais comment se résoudre à quitter la partie du monde que Mlle Cunégonde habite ?

10 – Tournons vers la Cayenne[2], dit Cacambo : nous y trouverons des Français, qui vont par tout le monde ; ils pourront nous aider. Dieu aura peut-être pitié de nous. »

Il n'était pas facile d'aller à la Cayenne : ils savaient bien à peu près de quel côté il fallait marcher ; mais des montagnes, des fleuves,
15 des précipices, des brigands, des sauvages, étaient partout de terribles obstacles. Leurs chevaux moururent de fatigue ; leurs provisions furent consumées ; ils se nourrirent un mois entier de fruits sauvages, et se trouvèrent enfin auprès d'une petite rivière bordée de cocotiers, qui soutinrent leur vie et leurs espérances.

20 Cacambo, qui donnait toujours d'aussi bons conseils que la vieille, dit à Candide : « Nous n'en pouvons plus, nous avons assez marché ; j'aperçois un canot vide sur le rivage, emplissons-le de cocos, jetons-nous dans cette petite barque, laissons-nous aller au courant ; une rivière mène toujours à quelque endroit habité. Si
25 nous ne trouvons pas des choses agréables, nous trouverons du moins des choses nouvelles. – Allons, dit Candide, recommandons-nous à la Providence. »

1. **Eldorado :** « le Doré », soit l'homme de l'or soit le pays de l'or, renvoyant à une légende d'Amérique du Sud.
2. **Cayenne :** colonie française du nord de l'Amérique du Sud (en Guyane actuelle).

Ils voguèrent quelques lieues entre des bords tantôt fleuris,
tantôt arides, tantôt unis, tantôt escarpés. La rivière s'élargissait
30 toujours ; enfin elle se perdait sous une voûte de rochers épou-
vantables qui s'élevaient jusqu'au ciel. Les deux voyageurs eurent
la hardiesse de s'abandonner aux flots sous cette voûte. Le fleuve,
resserré en cet endroit, les porta avec une rapidité et un bruit hor-
rible. Au bout de vingt-quatre heures ils revirent le jour ; mais leur
35 canot se fracassa contre les écueils ; il fallut se traîner de rocher
en rocher pendant une lieue entière ; enfin ils découvrirent un
horizon immense, bordé de montagnes inaccessibles. Le pays était
cultivé pour le plaisir comme pour le besoin ; partout l'utile était
agréable. Les chemins étaient couverts ou plutôt ornés de voitures
40 d'une forme et d'une matière brillante, portant des hommes et des
femmes d'une beauté singulière, traînés rapidement par de gros
moutons rouges[1] qui surpassaient en vitesse les plus beaux che-
vaux d'Andalousie, de Tétuan et de Méquinez[2].
 « Voilà pourtant, dit Candide, un pays qui vaut mieux que la
45 Westphalie. » Il mit pied à terre avec Cacambo auprès du premier
village qu'il rencontra. Quelques enfants du village, couverts de
brocarts d'or tout déchirés, jouaient au palet à l'entrée du bourg ;
nos deux hommes de l'autre monde s'amusèrent à les regarder :
leurs palets[3] étaient d'assez larges pièces rondes, jaunes, rouges,
50 vertes, qui jetaient un éclat singulier. Il prit envie aux voyageurs
d'en ramasser quelques-uns ; c'était de l'or, c'était des émeraudes,
des rubis, dont le moindre aurait été le plus grand ornement du
trône du Mogol[4]. « Sans doute, dit Cacambo, ces enfants sont les
fils du roi du pays qui jouent au petit palet. » Le magister du vil-
55 lage parut dans ce moment pour les faire rentrer à l'école. « Voilà,
dit Candide, le précepteur de la famille royale. »
 Les petits gueux quittèrent aussitôt le jeu, en laissant à terre
leurs palets et tout ce qui avait servi à leurs divertissements.
Candide les ramasse, court au précepteur, et les lui présente hum-

1. **Gros moutons rouges :** les lamas ont une toison entre le marron et le rouge.
2. **De Tétuan et de Méquinez :** Tétouan et Meknès, villes marocaines.
3. **Palets :** formes plates en bois, en métal ou en pierre avec lesquelles on vise un objectif.
4. **Mogol :** le Grand Mogol, empereur des Indes.

60 blement, lui faisant entendre par signes que Leurs Altesses Royales avaient oublié leur or et leurs pierreries. Le magister[1] du village, en souriant, les jeta par terre, regarda un moment la figure de Candide avec beaucoup de surprise, et continua son chemin.

Les voyageurs ne manquèrent pas de ramasser l'or, les rubis et
65 les émeraudes. « Où sommes-nous ? s'écria Candide ; il faut que les enfants des rois de ce pays soient bien élevés, puisqu'on leur apprend à mépriser l'or et les pierreries. » Cacambo était aussi surpris que Candide. Ils approchèrent enfin de la première maison du village ; elle était bâtie comme un palais d'Europe. Une foule
70 de monde s'empressait à la porte, et encore plus dans le logis. Une musique très agréable se faisait entendre, et une odeur délicieuse de cuisine se faisait sentir. Cacambo s'approcha de la porte, et entendit qu'on parlait péruvien ; c'était sa langue maternelle : car tout le monde sait que Cacambo était né au Tucuman, dans un
75 village où l'on ne connaissait que cette langue. « Je vous servirai d'interprète, dit-il à Candide ; entrons, c'est ici un cabaret. »

Aussitôt deux garçons et deux filles de l'hôtellerie, vêtus de drap d'or, et les cheveux noués avec des rubans, les invitent à se mettre à la table de l'hôte[2]. On servit quatre potages garnis chacun de
80 deux perroquets, un contour[3] bouilli qui pesait deux cents livres, deux singes rôtis d'un goût excellent, trois cents colibris dans un plat, et six cents oiseaux-mouches dans un autre ; des ragoûts exquis, des pâtisseries délicieuses ; le tout dans des plats d'une espèce de cristal de roche. Les garçons et les filles de l'hôtellerie
85 versaient plusieurs liqueurs faites de canne de sucre.

Les convives étaient pour la plupart des marchands et des voituriers, tous d'une politesse extrême, qui firent quelques questions à Cacambo avec la discrétion la plus circonspecte, et qui répondirent aux siennes d'une manière à le satisfaire.
90 Quand le repas fut fini, Cacambo crut, ainsi que Candide, bien payer son écot en jetant sur la table de l'hôte deux de ces larges pièces d'or qu'il avait ramassées ; l'hôte et l'hôtesse éclatèrent

1. **Magister :** maître d'école.
2. **La table de l'hôte :** table ouverte où plusieurs personnes qui ne se connaissent pas forcément mangent pour un prix modique.
3. **Contour :** condor, oiseau des Andes.

de rire, et se tinrent longtemps les côtés. Enfin ils se remirent :
« Messieurs, dit l'hôte, nous voyons bien que vous êtes des étran-
95 gers ; nous ne sommes pas accoutumés à en voir. Pardonnez-nous
si nous nous sommes mis à rire quand vous nous avez offert en
paiement les cailloux de nos grands chemins. Vous n'avez pas sans
doute de la monnaie du pays, mais il n'est pas nécessaire d'en avoir
pour dîner ici. Toutes les hôtelleries établies pour la commodité
100 du commerce sont payées par le gouvernement. Vous avez fait
mauvaise chère ici, parce que c'est un pauvre village ; mais partout
ailleurs vous serez reçus comme vous méritez de l'être. » Cacambo
expliquait à Candide tous les discours de l'hôte, et Candide les
écoutait avec la même admiration et le même égarement que son
105 ami Cacambo les rendait. « Quel est donc ce pays, disaient-ils l'un
et l'autre, inconnu à tout le reste de la terre, et où toute la nature
est d'une espèce si différente de la nôtre ? C'est probablement
le pays où tout va bien ; car il faut absolument qu'il y en ait de
cette espèce. Et, quoi qu'en dît maître Pangloss, je me suis souvent
110 aperçu que tout allait assez mal en Westphalie. »

CHAPITRE 18
Ce qu'ils virent dans le pays d'Eldorado

CACAMBO témoigna à son hôte toute sa curiosité ; l'hôte lui dit :
« Je suis fort ignorant, et je m'en trouve bien ; mais nous avons
ici un vieillard retiré de la cour, qui est le plus savant homme du
royaume, et le plus communicatif. » Aussitôt il mène Cacambo
5 chez le vieillard. Candide ne jouait plus que le second personnage,
et accompagnait son valet. Ils entrèrent dans une maison fort
simple, car la porte n'était que d'argent, et les lambris[1] des appar-

1. **Les lambris :** pièces de bois, de marbre ou de stuc qui revêtent les murs d'une maison.

tements n'étaient que d'or, mais travaillés avec tant de goût que les plus riches lambris ne l'effaçaient pas. L'antichambre n'était à
10 la vérité incrustée que de rubis et d'émeraudes ; mais l'ordre dans lequel tout était arrangé réparait bien cette extrême simplicité.

Le vieillard reçut les deux étrangers sur un sopha matelassé de plumes de colibri, et leur fit présenter des liqueurs dans des vases de diamants ; après quoi il satisfit à leur curiosité en ces termes :
15 « Je suis âgé de soixante et douze ans, et j'ai appris de feu mon père, écuyer du roi, les étonnantes révolutions du Pérou dont il avait été témoin. Le royaume où nous sommes est l'ancienne patrie des Incas, qui en sortirent très imprudemment pour aller subjuguer[1] une partie du monde, et qui furent enfin détruits par les
20 Espagnols.

« Les princes de leur famille qui restèrent dans leur pays natal furent plus sages ; ils ordonnèrent, du consentement de la nation[2], qu'aucun habitant ne sortirait jamais de notre petit royaume ; et c'est ce qui nous a conservé notre innocence et notre félicité. Les
25 Espagnols ont une connaissance confuse de ce pays, ils l'ont appelé El Dorado, et un Anglais, nommé le chevalier Raleigh[3], en a même approché il y a environ cent années ; mais, comme nous sommes entourés de rochers inabordables et de précipices, nous avons toujours été jusqu'à présent à l'abri de la rapacité des nations de
30 l'Europe, qui ont une fureur inconcevable pour les cailloux et pour la fange de notre terre, et qui, pour en avoir, nous tueraient tous jusqu'au dernier. »

La conversation fut longue ; elle roula sur la forme du gouvernement, sur les mœurs, sur les femmes, sur les spectacles publics, sur
35 les arts. Enfin Candide, qui avait toujours du goût pour la métaphysique, fit demander par Cacambo si dans le pays il y avait une religion.

Le vieillard rougit un peu. « Comment donc, dit-il, en pouvez-vous douter ? Est-ce que vous nous prenez pour des ingrats ? »
40 Cacambo demanda humblement quelle était la religion d'Eldo-

1. **Subjuguer :** conquérir, mettre sous le joug.
2. **Du consentement de la nation :** après avoir consulté le peuple.
3. **Raleigh :** sir Walter Raleigh, navigateur anglais qui explora l'Amazonie en 1595 afin de trouver l'Eldorado.

rado. Le vieillard rougit encore. « Est-ce qu'il peut y avoir deux religions ? dit-il ; nous avons, je crois, la religion de tout le monde : nous adorons Dieu du soir jusqu'au matin. – N'adorez-vous qu'un seul Dieu ? dit Cacambo, qui servait toujours d'interprète aux
45 doutes de Candide. – Apparemment, dit le vieillard, qu'il n'y en a ni deux, ni trois, ni quatre. Je vous avoue que les gens de votre monde font des questions bien singulières. » Candide ne se lassait pas de faire interroger ce bon vieillard ; il voulut savoir comment on priait Dieu dans l'Eldorado. « Nous ne le prions point, dit le bon
50 et respectable sage ; nous n'avons rien à lui demander ; il nous a donné tout ce qu'il nous faut ; nous le remercions sans cesse. » Candide eut la curiosité de voir des prêtres ; il fit demander où ils étaient. Le bon vieillard sourit. « Mes amis, dit-il, nous sommes tous prêtres ; le roi et tous les chefs de famille chantent des can-
55 tiques d'actions de grâces solennellement tous les matins ; et cinq ou six mille musiciens les accompagnent. – Quoi ! vous n'avez point de moines qui enseignent, qui disputent, qui gouvernent, qui cabalent[1], et qui font brûler les gens qui ne sont pas de leur avis ? – Il faudrait que nous fussions fous, dit le vieillard ; nous sommes
60 tous ici du même avis, et nous n'entendons pas ce que vous voulez dire avec vos moines. » Candide à tous ces discours demeurait en extase, et disait en lui-même : « Ceci est bien différent de la Westphalie et du château de monsieur le baron : si notre ami Pangloss avait vu Eldorado, il n'aurait plus dit que le château de
65 Thunder-ten-tronckh était ce qu'il y avait de mieux sur la terre ; il est certain qu'il faut voyager. »

Après cette longue conversation, le bon vieillard fit atteler un carrosse à six moutons, et donna douze de ses domestiques aux deux voyageurs pour les conduire à la cour : « Excusez-moi, leur
70 dit-il, si mon âge me prive de l'honneur de vous accompagner. Le roi vous recevra d'une manière dont vous ne serez pas mécontents, et vous pardonnerez sans doute aux usages du pays s'il y en a quelques-uns qui vous déplaisent. »

Candide et Cacambo montent en carrosse ; les six moutons
75 volaient, et en moins de quatre heures on arriva au palais du roi, situé à un bout de la capitale. Le portail était de deux cent vingt

1. **Cabalent :** intriguent.

Candide ou l'Optimisme

pieds de haut et de cent de large[1] ; il est impossible d'exprimer quelle en était la matière. On voit assez quelle supériorité prodigieuse elle devait avoir sur ces cailloux et sur ce sable que nous
80 nommons *or* et *pierreries*.

Vingt belles filles de la garde reçurent Candide et Cacambo à la descente du carrosse, les conduisirent aux bains, les vêtirent de robes d'un tissu de duvet de colibri ; après quoi les grands officiers et les grandes officières de la couronne les menèrent à l'appar-
85 tement de Sa Majesté, au milieu de deux files chacune de mille musiciens, selon l'usage ordinaire. Quand ils approchèrent de la salle du trône, Cacambo demanda à un grand officier comment il fallait s'y prendre pour saluer Sa Majesté ; si on se jetait à genoux ou ventre à terre ; si on mettait les mains sur la tête ou sur le der-
90 rière ; si on léchait la poussière de la salle ; en un mot, quelle était la cérémonie. « L'usage, dit le grand officier, est d'embrasser le roi et de le baiser des deux côtés. » Candide et Cacambo sautèrent au cou de Sa Majesté, qui les reçut avec toute la grâce imaginable et qui les pria poliment à souper.

95 En attendant, on leur fit voir la ville, les édifices publics élevés jusqu'aux nues, les marchés ornés de mille colonnes, les fontaines d'eau pure, les fontaines d'eau rose, celles de liqueurs de canne de sucre, qui coulaient continuellement dans de grandes places, pavées d'une espèce de pierreries qui répandaient une odeur sem-
100 blable à celle du girofle et de la cannelle. Candide demanda à voir la cour de justice, le parlement[2] ; on lui dit qu'il n'y en avait point, et qu'on ne plaidait jamais. Il s'informa s'il y avait des prisons, et on lui dit que non. Ce qui le surprit davantage, et qui lui fit le plus de plaisir, ce fut le palais des sciences, dans lequel il vit une galerie
105 de deux mille pas[3], toute pleine d'instruments de mathématique et de physique.

Après avoir parcouru, toute l'après-dînée, à peu près la millième partie de la ville, on les ramena chez le roi. Candide se mit à table entre Sa Majesté, son valet Cacambo et plusieurs dames. Jamais
110 on ne fit meilleure chère, et jamais on n'eut plus d'esprit à sou-

1. **Deux cent vingt pieds de haut et cent de large :** 66 mètres sur 30 environ.
2. **Parlement :** cour chargée de rendre la justice.
3. **Deux mille pas :** 1500 mètres environ.

per qu'en eut Sa Majesté. Cacambo expliquait les bons mots du roi à Candide, et quoique traduits, ils paraissaient toujours des bons mots. De tout ce qui étonnait Candide, ce n'était pas ce qui l'étonna le moins.

115 Ils passèrent un mois dans cet hospice[1]. Candide ne cessait de dire à Cacambo : « Il est vrai, mon ami, encore une fois, que le château où je suis né ne vaut pas le pays où nous sommes ; mais enfin Mlle Cunégonde n'y est pas, et vous avez sans doute quelque maîtresse en Europe. Si nous restons ici, nous n'y serons que comme 120 les autres ; au lieu que si nous retournons dans notre monde seulement avec douze moutons chargés de cailloux d'Eldorado, nous serons plus riches que tous les rois ensemble, nous n'aurons plus d'inquisiteurs à craindre, et nous pourrons aisément reprendre Mlle Cunégonde. »

125 Ce discours plut à Cacambo : on aime tant à courir, à se faire valoir chez les siens, à faire parade de ce qu'on a vu dans ses voyages, que les deux heureux résolurent de ne plus l'être et de demander leur congé à Sa Majesté.

« Vous faites une sottise, leur dit le roi ; je sais bien que mon 130 pays est peu de chose ; mais, quand on est passablement quelque part, il faut y rester ; je n'ai pas assurément le droit de retenir des étrangers ; c'est une tyrannie qui n'est ni dans nos mœurs, ni dans nos lois : tous les hommes sont libres ; partez quand vous voudrez, mais la sortie est bien difficile. Il est impossible de remonter la 135 rivière rapide sur laquelle vous êtes arrivés par miracle, et qui court sous des voûtes de rochers. Les montagnes qui entourent tout mon royaume ont dix mille pieds de hauteur, et sont droites comme des murailles ; elles occupent chacune en largeur un espace de plus de dix lieues[2] ; on ne peut en descendre que par des précipices. 140 Cependant, puisque vous voulez absolument partir, je vais donner ordre aux intendants des machines d'en faire une qui puisse vous transporter commodément. Quand on vous aura conduits au revers des montagnes, personne ne pourra vous accompagner ; car mes sujets ont fait vœu de ne jamais sortir de leur enceinte, et ils

1. **Hospice :** lieu d'hospitalité.
2. **Dix lieues :** 40 kilomètres environ.

145 sont trop sages pour rompre leur vœu. Demandez-moi d'ailleurs[1] tout ce qu'il vous plaira. – Nous ne demandons à Votre Majesté, dit Cacambo, que quelques moutons chargés de vivres, de cailloux, et de la boue du pays. » Le roi rit. « Je ne conçois pas, dit-il, quel goût vos gens d'Europe ont pour notre boue jaune ; mais emportez-en
150 tant que vous voudrez, et grand bien vous fasse. »

Il donna l'ordre sur-le-champ à ses ingénieurs de faire une machine pour guinder[2] ces deux hommes extraordinaires hors du royaume. Trois mille bons physiciens y travaillèrent ; elle fut prête au bout de quinze jours, et ne coûta pas plus de vingt millions de
155 livres sterling, monnaie du pays. On mit sur la machine Candide et Cacambo ; il y avait deux grands moutons rouges sellés et bridés pour leur servir de monture quand ils auraient franchi les montagnes, vingt moutons de bât chargés de vivres, trente qui portaient des présents de ce que le pays a de plus curieux, et cin-
160 quante chargés d'or, de pierreries et de diamants. Le roi embrassa tendrement les deux vagabonds.

Ce fut un beau spectacle que leur départ, et la manière ingé-nieuse dont ils furent hissés, eux et leurs moutons, au haut des montagnes. Les physiciens prirent congé d'eux après les avoir
165 mis en sûreté, et Candide n'eut plus d'autre désir et d'autre objet que d'aller présenter ses moutons à Mlle Cunégonde. « Nous avons, dit-il, de quoi payer le gouverneur de Buenos Aires, si Mlle Cunégonde peut être mise à prix. Marchons vers la Cayenne, embarquons-nous, et nous verrons ensuite quel royaume nous
170 pourrons acheter. »

1. **D'ailleurs :** par ailleurs.
2. **Guinder :** lever grâce à une machinerie.

CHAPITRE 19
Ce qui leur arriva à Surinam¹, et comment Candide fit connaissance avec Martin

LA PREMIÈRE journée de nos deux voyageurs fut assez agréable. Ils étaient encouragés par l'idée de se voir possesseurs de plus de trésors que l'Asie, l'Europe et l'Afrique n'en pouvaient rassembler. Candide, transporté, écrivit le nom de Cunégonde sur les arbres. À la seconde journée deux de leurs moutons s'enfoncèrent dans des marais, et y furent abîmés² avec leurs charges ; deux autres moutons moururent de fatigue quelques jours après ; sept ou huit périrent ensuite de faim dans un désert ; d'autres tombèrent au bout de quelques jours dans des précipices. Enfin, après cent jours de marche, il ne leur resta que deux moutons. Candide dit à Cacambo : « Mon ami, vous voyez comme les richesses de ce monde sont périssables ; il n'y a rien de solide que la vertu et le bonheur de revoir Mlle Cunégonde. – Je l'avoue, dit Cacambo ; mais il nous reste encore deux moutons avec plus de trésors que n'en aura jamais le roi d'Espagne, et je vois de loin une ville que je soupçonne être Surinam, appartenant aux Hollandais. Nous sommes au bout de nos peines et au commencement de notre félicité. »

En approchant de la ville, ils rencontrèrent un nègre étendu par terre, n'ayant plus que la moitié de son habit, c'est-à-dire d'un caleçon de toile bleue ; il manquait à ce pauvre homme la jambe gauche et la main droite. « Eh, mon Dieu ! lui dit Candide en hollandais, que fais-tu là, mon ami, dans l'état horrible où je te vois ? – J'attends mon maître, M. Vanderdendur, le fameux négociant, répondit le nègre. – Est-ce M. Vanderdendur, dit Candide, qui t'a traité ainsi ? – Oui, monsieur, dit le nègre, c'est l'usage. On nous donne un caleçon de toile pour tout vêtement deux fois l'année. Quand nous travaillons aux sucreries, et que la meule nous attrape

1. **Surinam :** colonie hollandaise située à côté de la Guyane française.
2. **Abîmés :** perdus, engloutis.

le doigt, on nous coupe la main[1] ; quand nous voulons nous enfuir,
30 on nous coupe la jambe : je me suis trouvé dans les deux cas. C'est
à ce prix que vous mangez du sucre en Europe. Cependant, lors-
que ma mère me vendit dix écus patagons[2] sur la côte de Guinée,
elle me disait : « Mon cher enfant, bénis nos fétiches[3], adore-les
toujours, ils te feront vivre heureux ; tu as l'honneur d'être esclave
35 de nos seigneurs les blancs, et tu fais par là la fortune de ton père
et de ta mère. » Hélas ! je ne sais pas si j'ai fait leur fortune, mais
ils n'ont pas fait la mienne. Les chiens, les singes et les perroquets
sont mille fois moins malheureux que nous. Les fétiches hollandais
qui m'ont converti me disent tous les dimanches que nous sommes
40 tous enfants d'Adam, blancs et noirs. Je ne suis pas généalogiste ;
mais si ces prêcheurs disent vrai, nous sommes tous cousins issus
de germains[4]. Or vous m'avouerez qu'on ne peut pas en user avec
ses parents d'une manière plus horrible.
 – Ô Pangloss ! s'écria Candide, tu n'avais pas deviné cette abo-
45 mination ; c'en est fait, il faudra qu'à la fin je renonce à ton opti-
misme. – Qu'est-ce qu'optimisme ? disait Cacambo. – Hélas ! dit
Candide, c'est la rage de soutenir que tout est bien quand on est
mal. » Et il versait des larmes en regardant son nègre, et en pleu-
rant il entra dans le Surinam.
50 La première chose dont ils s'informent, c'est s'il n'y a point au
port quelque vaisseau qu'on pût envoyer à Buenos Aires. Celui à
qui ils s'adressèrent était justement un patron espagnol, qui s'offrit
à faire avec eux un marché honnête. Il leur donna rendez-vous
dans un cabaret. Candide et le fidèle Cacambo allèrent l'y attendre
55 avec leurs deux moutons.
 Candide, qui avait le cœur sur les lèvres, conta à l'Espagnol
toutes ses aventures, et lui avoua qu'il voulait enlever Mlle
Cunégonde. « Je me garderai bien de vous passer à Buenos Aires,
dit le patron : je serais pendu et vous aussi. La belle Cunégonde est
60 la maîtresse favorite de monseigneur. » Ce fut un coup de foudre

1. **On nous coupe la main :** pratique destiné à éviter la gangrène ou l'infection.
2. **Dix écus patagons :** monnaie d'argent de Flandre ou d'Espagne.
3. **Fétiches :** objets sacrés, vénérés par les peuples soi-disant « premiers » ou primitifs.
4. **Cousins issus de germains :** ayant au moins une grand-mère ou un grand-père commun.

pour Candide ; il pleura longtemps ; enfin il tira à part Cacambo :
« Voici, mon cher ami, lui dit-il, ce qu'il faut que tu fasses. Nous
avons chacun dans nos poches pour cinq ou six millions de dia-
mants ; tu es plus habile que moi ; va prendre Mlle Cunégonde à
65 Buenos Aires. Si le gouverneur fait quelques difficultés, donne-lui
un million ; s'il ne se rend pas, donne-lui-en deux ; tu n'as point
tué d'inquisiteur, on ne se défiera point de toi. J'équiperai un autre
vaisseau ; j'irai t'attendre à Venise[1] ; c'est un pays libre où l'on
n'a rien à craindre ni des Bulgares, ni des Abares, ni des Juifs, ni
70 des inquisiteurs. » Cacambo applaudit à cette sage résolution. Il
était au désespoir de se séparer d'un bon maître, devenu son ami
intime ; mais le plaisir de lui être utile l'emporta sur la douleur de
le quitter. Ils s'embrassèrent en versant des larmes. Candide lui
recommanda de ne point oublier la bonne vieille. Cacambo partit
75 dès le jour même : c'était un très bon homme que ce Cacambo.

Candide resta encore quelque temps à Surinam, et attendit qu'un
autre patron voulût le mener en Italie, lui et les deux moutons qui
lui restaient. Il prit des domestiques, et acheta tout ce qui lui était
nécessaire pour un long voyage ; enfin M. Vanderdendur, maître
80 d'un gros vaisseau, vint se présenter à lui. « Combien voulez-vous,
demanda-t-il à cet homme, pour me mener en droiture[2] à Venise,
moi, mes gens, mon bagage, et les deux moutons que voilà ? » Le
patron s'accorda à dix mille piastres[3]. Candide n'hésita pas.

« Oh ! oh ! dit à part soi le prudent Vanderdendur, cet étranger
85 donne dix mille piastres tout d'un coup ! il faut qu'il soit bien
riche. » Puis, revenant un moment après, il signifia qu'il ne pou-
vait partir à moins de vingt mille. « Eh bien ! vous les aurez », dit
Candide.

« Ouais ! se dit tout bas le marchand, cet homme donne vingt
90 mille piastres aussi aisément que dix mille. » Il revint encore, et dit
qu'il ne pouvait le conduire à Venise à moins de trente mille piastres.
« Vous en aurez donc trente mille », répondit Candide.

« Oh ! oh ! se dit encore le marchand hollandais, trente mille
piastres ne coûtent rien à cet homme-ci ; sans doute les deux moutons

1. **Venise :** république réputée pour les plaisirs qu'on y goûtait.

2. **En droiture :** en droite ligne.

3. **Piastres :** monnaie d'argent espagnole.

95 portent des trésors immenses ; n'insistons pas davantage : faisons-
nous d'abord payer les trente mille piastres, et puis nous verrons. »
Candide vendit deux petits diamants, dont le moindre valait plus
que tout l'argent que demandait le patron. Il le paya d'avance. Les
deux moutons furent embarqués. Candide suivait dans un petit
100 bateau pour joindre le vaisseau à la rade ; le patron prend son
temps, met à la voile, démarre ; le vent le favorise. Candide, éperdu
et stupéfait, le perd bientôt de vue. « Hélas ! cria-t-il, voilà un tour
digne de l'ancien monde. » Il retourne au rivage, abîmé dans la
douleur ; car enfin il avait perdu de quoi faire la fortune de vingt
105 monarques.

Il se transporte chez le juge hollandais ; et comme il était un
peu troublé, il frappe rudement à la porte ; il entre, expose son
aventure, et crie un peu plus haut qu'il ne convenait. Le juge
commença par lui faire payer dix mille piastres pour le bruit qu'il
110 avait fait. Ensuite il l'écouta patiemment, lui promit d'examiner son
affaire sitôt que le marchand serait revenu, et se fit payer dix mille
autres piastres pour les frais de l'audience.

Ce procédé acheva de désespérer Candide ; il avait à la vérité
essuyé des malheurs mille fois plus douloureux ; mais le sang-froid
115 du juge, et celui du patron dont il était volé, alluma sa bile, et le
plongea dans une noire mélancolie[1]. La méchanceté des hommes
se présentait à son esprit dans toute sa laideur ; il ne se nourrissait
que d'idées tristes. Enfin, un vaisseau français étant sur le point de
partir pour Bordeaux, comme il n'avait plus de moutons chargés
120 de diamants à embarquer, il loua une chambre du vaisseau à juste
prix, et fit signifier dans la ville qu'il paierait le passage, la nour-
riture, et donnerait deux mille piastres à un honnête homme qui
voudrait faire le voyage avec lui, à condition que cet homme serait
le plus dégoûté de son état et le plus malheureux de la province.

125 Il se présenta une foule de prétendants qu'une flotte n'aurait
pu contenir. Candide voulant choisir entre les plus apparents[2], il
distingua une vingtaine de personnes qui lui paraissaient assez
sociables, et qui toutes prétendaient mériter la préférence. Il les

1. **Une noire mélancolie :** pléonasme ; la mélancolie étant une humeur noire, sorte
de spleen, de vague à l'âme.
2. **Apparents :** les plus distingués.

assembla dans son cabaret, et leur donna à souper, à condition que
130 chacun ferait serment de raconter fidèlement son histoire, promet-
tant de choisir celui qui lui paraîtrait le plus à plaindre et le plus
mécontent de son état à plus juste titre, et de donner aux autres
quelques gratifications.

La séance dura jusqu'à quatre heures du matin. Candide, en
135 écoutant toutes leurs aventures, se ressouvenait de ce que lui avait
dit la vieille en allant à Buenos Aires, et de la gageure qu'elle avait
faite, qu'il n'y avait personne sur le vaisseau à qui il ne fût arrivé
de très grands malheurs. Il songeait à Pangloss à chaque aventure
qu'on lui contait, « Ce Pangloss, disait-il, serait bien embarrassé
140 à démontrer son système. Je voudrais qu'il fût ici. Certainement,
si tout va bien, c'est dans Eldorado, et non pas dans le reste de la
terre. » Enfin il se détermina en faveur d'un pauvre savant qui avait
travaillé dix ans pour les libraires d'Amsterdam[1]. Il jugea qu'il n'y
avait point de métier au monde dont on dût être plus dégoûté.

145 Ce savant, qui était d'ailleurs un bon homme, avait été volé par
sa femme, battu par son fils, et abandonné de sa fille qui s'était fait
enlever par un Portugais. Il venait d'être privé d'un petit emploi
duquel il subsistait ; et les prédicants de Surinam le persécutaient
parce qu'ils le prenaient pour un socinien[2]. Il faut avouer que
150 les autres étaient pour le moins aussi malheureux que lui ; mais
Candide espérait que le savant le désennuierait dans le voyage.
Tous ses autres rivaux trouvèrent que Candide leur faisait une
grande injustice ; mais il les apaisa en leur donnant à chacun cent
piastres.

1. **Libraires d'Amsterdam :** éditeurs réputés.
2. **Socinien :** adepte d'une doctrine protestante, rejetant les dogmes de la Trinité, de
la divinité de Jésus entre autres, car contraires à la raison.

CHAPITRE 20
Ce qui arriva sur mer à Candide et à Martin

LE VIEUX SAVANT, qui s'appelait Martin, s'embarqua donc pour Bordeaux avec Candide. L'un et l'autre avaient beaucoup vu et beaucoup souffert ; et quand le vaisseau aurait dû faire voile de Surinam au Japon par le cap de Bonne-Espérance, ils auraient eu
5 de quoi s'entretenir du mal moral et du mal physique pendant tout le voyage.

Cependant Candide avait un grand avantage sur Martin, c'est qu'il espérait toujours revoir Mlle Cunégonde, et que Martin n'avait rien à espérer ; de plus, il avait de l'or et des diamants ; et, quoiqu'il eût
10 perdu cent gros moutons rouges chargés des plus grands trésors de la terre, quoiqu'il eût toujours sur le cœur la friponnerie[1] du patron hollandais, cependant, quand il songeait à ce qui lui restait dans ses poches, et quand il parlait de Cunégonde, surtout à la fin du repas, il penchait alors pour le système de Pangloss.

15 « Mais vous, monsieur Martin, dit-il au savant, que pensez-vous de tout cela ? Quelle est votre idée sur le mal moral et le mal physique ? – Monsieur, répondit Martin, mes prêtres m'ont accusé d'être socinien ; mais la vérité du fait est que je suis manichéen[2].
– Vous vous moquez de moi, dit Candide, il n'y a plus de mani-
20 chéens dans le monde. – Il y a moi, dit Martin ; je ne sais qu'y faire, mais je ne peux penser autrement. – Il faut que vous ayez le diable au corps, dit Candide. – Il se mêle si fort des affaires de ce monde, dit Martin, qu'il pourrait bien être dans mon corps, comme partout ailleurs ; mais je vous avoue qu'en jetant ma vue sur ce
25 globe, ou plutôt sur ce globule[3], je pense que Dieu l'a abandonné à quelque être malfaisant ; j'en excepte toujours Eldorado. Je n'ai guère vu de ville qui ne désirât la ruine de la ville voisine, point de

1. **Friponnerie :** malhonnêteté.
2. **Manichéen :** le manichéisme est une doctrine énoncée par le Persan Mani au IIIᵉ siècle apr. J.-C. et condamnée par l'Église, qui considère que l'Univers est le résultat et l'objet d'une lutte incessante entre le bien et le mal.
3. **Globule :** petit globe.

famille qui ne voulût exterminer quelque autre famille. Partout les
faibles ont en exécration les puissants devant lesquels ils rampent,
30 et les puissants les traitent comme des troupeaux dont on vend la
laine et la chair. Un million d'assassins enrégimentés, courant d'un
bout de l'Europe à l'autre, exerce le meurtre et le brigandage avec
discipline pour gagner son pain, parce qu'il n'a pas de métier plus
honnête ; et dans les villes qui paraissent jouir de la paix et où les
35 arts fleurissent, les hommes sont dévorés de plus d'envie, de soins[1]
et d'inquiétudes qu'une ville assiégée n'éprouve de fléaux. Les cha-
grins secrets sont encore plus cruels que les misères publiques. En
un mot, j'en ai tant vu, et tant éprouvé, que je suis manichéen.
– Il y a pourtant du bon, répliquait Candide. – Cela peut être,
40 disait Martin, mais je ne le connais pas. »
Au milieu de cette dispute[2], on entendit un bruit de canon. Le
bruit redouble de moment en moment. Chacun prend sa lunette.
On aperçoit deux vaisseaux qui combattaient à la distance d'envi-
ron trois milles ; le vent les amena l'un et l'autre si près du vaisseau
45 français qu'on eut le plaisir de voir le combat tout à son aise. Enfin
l'un des deux vaisseaux lâcha à l'autre une bordée[3] si bas et si juste
qu'il le coula à fond. Candide et Martin aperçurent distinctement
une centaine d'hommes sur le tillac[4] du vaisseau qui s'enfonçait ;
ils levaient tous les mains au ciel et jetaient des clameurs effro-
50 yables ; en un moment tout fut englouti.
« Eh bien, dit Martin, voilà comme les hommes se traitent les
uns les autres. – Il est vrai, dit Candide, qu'il y a quelque chose de
diabolique dans cette affaire. » En parlant ainsi, il aperçut je ne sais
quoi d'un rouge éclatant qui nageait auprès de son vaisseau. On
55 détacha la chaloupe pour voir ce que ce pouvait être : c'était un
de ses moutons. Candide eut plus de joie de retrouver ce mouton
qu'il n'avait été affligé d'en perdre cent tous chargés de gros dia-
mants d'Eldorado.
Le capitaine français aperçut bientôt que le capitaine du vaisseau
60 submergeant était espagnol, et que celui du vaisseau submergé

1. **Soins** : soucis.
2. **Dispute** : discussion.
3. **Bordée** : décharge de canons.
4. **Tillac** : pont supérieur.

était un pirate hollandais ; c'était celui-là même qui avait volé Candide. Les richesses immenses dont ce scélérat s'était emparé furent ensevelies avec lui dans la mer, et il n'y eut qu'un mouton de sauvé. « Vous voyez, dit Candide à Martin, que le crime est puni
65 quelquefois ; ce coquin de patron hollandais a eu le sort qu'il méritait. – Oui, dit Martin, mais fallait-il que les passagers qui étaient sur son vaisseau périssent aussi ? Dieu a puni ce fripon, le diable a noyé les autres. »

Cependant le vaisseau français et l'espagnol continuèrent leur
70 route, et Candide continua ses conversations avec Martin. Ils disputèrent quinze jours de suite, et au bout de quinze jours ils étaient aussi avancés que le premier. Mais enfin ils parlaient, ils se communiquaient des idées, ils se consolaient. Candide caressait son mouton. « Puisque je t'ai retrouvé, dit-il, je pourrai bien retrou-
75 ver Cunégonde. »

CHAPITRE 21
Candide et Martin approchent des côtes de France et raisonnent

ON APERÇUT enfin les côtes de France. « Avez-vous jamais été en France, monsieur Martin ? dit Candide. – Oui, dit Martin, j'ai parcouru plusieurs provinces. Il y en a où la moitié des habitants est folle, quelques-unes où l'on est trop rusé, d'autres où l'on est
5 communément assez doux et assez bête, d'autres où l'on fait le bel esprit ; et dans toutes, la principale occupation est l'amour, la seconde de médire, et la troisième de dire des sottises. – Mais, monsieur Martin, avez-vous vu Paris ? – Oui, j'ai vu Paris ; il tient de toutes ces espèces-là ; c'est un chaos, c'est une presse[1] dans

1. **Presse :** foule compacte.

10 laquelle tout le monde cherche le plaisir, et où presque personne ne le trouve, du moins à ce qu'il m'a paru. J'y ai séjourné peu ; j'y fus volé, en arrivant, de tout ce que j'avais, par des filous, à la foire Saint-Germain[1] ; on me prit moi-même pour un voleur, et je fus huit jours en prison ; après quoi je me fis correcteur d'imprimerie 15 pour gagner de quoi retourner à pied en Hollande. Je connus la canaille écrivante, la canaille cabalante, et la canaille convulsionnaire[2]. On dit qu'il y a des gens fort polis dans cette ville-là ; je le veux croire.

 – Pour moi, je n'ai nulle curiosité de voir la France, dit Candide ; 20 vous devinez aisément que, quand on a passé un mois dans Eldorado, on ne se soucie plus de rien voir sur la terre que Mlle Cunégonde ; je vais l'attendre à Venise ; nous traverserons la France pour aller en Italie ; ne m'accompagnerez-vous pas ? – Très volontiers, dit Martin ; on dit que Venise n'est bonne que pour 25 les nobles Vénitiens, mais que cependant on y reçoit très bien les étrangers quand ils ont beaucoup d'argent ; je n'en ai point, vous en avez, je vous suivrai partout. – À propos, dit Candide, pensez-vous que la terre ait été originairement une mer, comme on l'assure dans ce gros livre[3] qui appartient au capitaine du vaisseau ? – Je 30 n'en crois rien du tout, dit Martin, non plus que de toutes les rêveries qu'on nous débite depuis quelque temps. – Mais à quelle fin ce monde a-t-il donc été formé ? dit Candide. – Pour nous faire enrager, répondit Martin. – N'êtes-vous pas bien étonné, continua Candide, de l'amour que ces deux filles du pays des Oreillons 35 avaient pour ces deux singes, et dont je vous ai conté l'aventure ? – Point du tout, dit Martin ; je ne vois pas ce que cette passion a d'étrange ; j'ai tant vu de choses extraordinaires, qu'il n'y a plus rien d'extraordinaire. – Croyez-vous, dit Candide, que les hommes se soient

1. **Foire Saint-Germain :** une des deux grandes foires de Paris qui se tenait du 3 février au 3 avril.
2. **La canaille écrivante, la canaille cabalante, et la canaille convulsionnaire :** sont visés, par ces adjectifs, les petits journalistes et hommes de lettres, les religieux intrigants, les mystiques qui se livrent à des démonstrations exagérées de dévotion.
3. **Ce gros livre :** soit l'*Histoire des navigations* (1756) du président De Brosses soit la *Théorie de la Terre* (1749) de Buffon, deux ouvrages prétendant que les montagnes se seraient formées à partir d'une mer originelle.

toujours mutuellement massacrés comme ils font aujourd'hui ?
40 qu'ils aient toujours été menteurs, fourbes, perfides, ingrats, bri-
gands, faibles, volages, lâches, envieux, gourmands, ivrognes, avares,
ambitieux, sanguinaires, calomniateurs, débauchés, fanatiques,
hypocrites et sots ? – Croyez-vous, dit Martin, que les éperviers
aient toujours mangé des pigeons quand ils en ont trouvé ? – Oui,
45 sans doute, dit Candide. – Eh bien, dit Martin, si les éperviers ont
toujours eu le même caractère, pourquoi voulez-vous que les
hommes aient changé le leur ? – Oh ! dit Candide, il y a bien de la
différence, car le libre arbitre[1]... » En raisonnant ainsi, ils arrivèrent
à Bordeaux.

CHAPITRE 22
Ce qui arriva en France à Candide et à Martin

CANDIDE ne s'arrêta dans Bordeaux qu'autant de temps qu'il en fal-
lait pour vendre quelques cailloux du Dorado, et pour s'accommoder
d'une bonne chaise à deux places[2] ; car il ne pouvait plus se passer
de son philosophe Martin. Il fut seulement très fâché de se séparer
5 de son mouton, qu'il laissa à l'Académie des sciences de Bordeaux,
laquelle proposa pour le sujet du prix de cette année de trouver
pourquoi la laine de ce mouton était rouge ; et le prix fut adjugé à
un savant du Nord, qui démontra par A plus B, moins C, divisé par Z,
que le mouton devait être rouge, et mourir de la clavelée[3].
10 Cependant tous les voyageurs que Candide rencontra dans
les cabarets de la route lui disaient : « Nous allons à Paris. » Cet

1. **Libre arbitre :** liberté de choisir entre le bien et le mal, et de décider selon sa conscience.
2. **Une bonne chaise à deux places :** voiture à deux places pour le voyage.
3. **Clavelée :** sorte de variole du mouton, très contagieuse.

empressement général lui donna enfin l'envie de voir cette capi-
tale ; ce n'était pas beaucoup se détourner du chemin de Venise.

Il entra par le faubourg Saint-Marceau[1], et crut être dans le plus
15 vilain village de la Westphalie.

À peine Candide fut-il dans son auberge qu'il fut attaqué d'une
maladie légère causée par ses fatigues. Comme il avait au doigt un
diamant énorme, et qu'on avait aperçu dans son équipage une cas-
sette prodigieusement pesante, il eut aussitôt auprès de lui deux
20 médecins qu'il n'avait pas mandés, quelques amis intimes qui ne le
quittèrent pas, et deux dévotes qui faisaient chauffer ses bouillons.
Martin disait : « Je me souviens d'avoir été malade aussi à Paris
dans mon premier voyage ; j'étais fort pauvre : aussi n'eus-je ni
amis, ni dévotes, ni médecins, et je guéris. »

25 Cependant, à force de médecines[2] et de saignées[3], la maladie
de Candide devint sérieuse. Un habitué[4] du quartier vint avec
douceur lui demander un billet payable au porteur[5] pour l'autre
monde ; Candide n'en voulut rien faire. Les dévotes l'assurèrent
que c'était une nouvelle mode ; Candide répondit qu'il n'était
30 point homme à la mode. Martin voulut jeter l'habitué par les fenêtres.
Le clerc jura qu'on n'enterrerait point Candide. Martin jura qu'il
enterrerait le clerc s'il continuait à les importuner. La querelle
s'échauffa ; Martin le prit par les épaules et le chassa rudement ; ce
qui causa un grand scandale, dont on fit un procès-verbal.

35 Candide guérit ; et pendant sa convalescence il eut très bonne
compagnie à souper chez lui. On jouait gros jeu. Candide était tout
étonné que jamais les as ne lui vinssent ; et Martin ne s'en étonnait pas.

Parmi ceux qui lui faisaient les honneurs de la ville, il y avait un
petit abbé périgourdin, l'un de ces gens empressés, toujours alertes,
40 toujours serviables, effrontés, caressants, accommodants, qui

1. **Faubourg Saint-Marceau :** au sud de Paris, réputé pour sa saleté.

2. **Médecines :** remèdes.

3. **Saignées :** évacuation de sang provoquée par une incision dans une partie du corps.

4. **Habitué :** prêtre du quartier en charge de seconder le prêtre titulaire.

5. **Billet payable au porteur :** jeu de mots entre le billet au porteur, sorte de chèque
 que peut encaisser son possesseur, et le « billet de confession », que l'on exigeait
 d'un mourant pour qu'il puisse être enterré selon les rites définis par l'Église et qui
 devait être signé par un prêtre non janséniste.

guettent les étrangers à leur passage, leur content l'histoire scandaleuse de la ville, et leur offrent des plaisirs à tout prix. Celui-ci mena d'abord Candide et Martin à la comédie. On y jouait une tragédie nouvelle. Candide se trouva placé auprès de quelques beaux
45 esprits. Cela ne l'empêcha pas de pleurer à des scènes jouées parfaitement. Un des raisonneurs qui étaient à ses côtés lui dit dans un entracte : « Vous avez grand tort de pleurer : cette actrice est fort mauvaise ; l'acteur qui joue avec elle est plus mauvais acteur encore ; la pièce est encore plus mauvaise que les acteurs ; l'auteur
50 ne sait pas un mot d'arabe, et cependant la scène est en Arabie ; et, de plus, c'est un homme qui ne croit pas aux idées innées[1] : je vous apporterai demain vingt brochures contre lui. – Monsieur, combien avez-vous de pièces de théâtre en France ? » dit Candide à l'abbé ; lequel répondit : « Cinq ou six mille. – C'est beaucoup, dit
55 Candide ; combien y en a-t-il de bonnes ? – Quinze ou seize, répliqua l'autre. – C'est beaucoup », dit Martin.
 Candide fut très content d'une actrice qui faisait la reine Élisabeth dans une assez plate tragédie[2] que l'on joue quelquefois. « Cette actrice, dit-il à Martin, me plaît beaucoup ; elle a un faux
60 air de Mlle Cunégonde ; je serais bien aise de la saluer. » L'abbé périgourdin s'offrit à l'introduire chez elle. Candide, élevé en Allemagne, demanda quelle était l'étiquette, et comment on traitait en France les reines d'Angleterre. « Il faut distinguer, dit l'abbé ; en province, on les mène au cabaret ; à Paris, on les respecte quand
65 elles sont belles, et on les jette à la voirie quand elles sont mortes. – Des reines à la voirie ! dit Candide. – Oui vraiment, dit Martin ; monsieur l'abbé a raison : j'étais à Paris quand Mlle Monime[3] passa, comme on dit, de cette vie à l'autre ; on lui refusa ce que ces gens-ci appellent *les honneurs de la sépulture*, c'est-à-dire de pourrir
70 avec tous les gueux du quartier dans un vilain cimetière ; elle fut enterrée toute seule de sa bande au coin de la rue de Bourgogne ;

1. **Idées innées :** selon Descartes, certaines idées « proviennent de notre faculté de penser elle-même ».

2. **Une assez plate tragédie :** il s'agit du *Comte d'Essex* (1678) de Thomas Corneille.

3. **Mlle Monime :** allusion à Adrienne Lecouvreur (1692-1730) qui interpréta le rôle de Monime dans *Mithridate* de Racine. Comme tous les acteurs, elle était excommuniée de l'Église et fut enterrée comme le rapporte Voltaire.

ce qui dut lui faire une peine extrême, car elle pensait très noble-
ment. – Cela est bien impoli, dit Candide. – Que voulez-vous, dit
Martin ; ces gens-ci sont ainsi faits. Imaginez toutes les contradic-
75 tions, toutes les incompatibilités possibles, vous les verrez dans
le gouvernement, dans les tribunaux, dans les églises, dans les
spectacles de cette drôle de nation. – Est-il vrai qu'on rit toujours
à Paris ? dit Candide. – Oui, dit l'abbé, mais c'est en enrageant ; car
on s'y plaint de tout avec de grands éclats de rire ; et même on y
80 fait en riant les actions les plus détestables.

– Quel est, dit Candide, ce gros cochon qui me disait tant de mal
de la pièce où j'ai tant pleuré et des acteurs qui m'ont fait tant de
plaisir ? – C'est un mal vivant, répondit l'abbé, qui gagne sa vie à
dire du mal de toutes les pièces et de tous les livres ; il hait qui-
85 conque réussit, comme les eunuques haïssent les jouissants : c'est
un de ces serpents de la littérature qui se nourrissent de fange et
de venin ; c'est un folliculaire[1]. – Qu'appelez-vous folliculaire ? dit
Candide. – C'est, dit l'abbé, un faiseur de feuilles, un Fréron. »

C'est ainsi que Candide, Martin et le Périgourdin raisonnaient
90 sur l'escalier, en voyant défiler le monde au sortir de la pièce.
« Quoique je sois très empressé de revoir Mlle Cunégonde, dit
Candide, je voudrais pourtant souper avec Mlle Clairon[2] ; car elle
m'a paru admirable. »

L'abbé n'était pas homme à approcher de Mlle Clairon, qui ne
95 voyait que bonne compagnie. « Elle est engagée pour ce soir, dit-il ;
mais j'aurai l'honneur de vous mener chez une dame de qualité, et
là vous connaîtrez Paris comme si vous y aviez été quatre ans. »

Candide, qui était naturellement curieux, se laissa mener chez
la dame, au fond du faubourg Saint-Honoré ; on y était occupé
100 d'un pharaon[3] ; douze tristes pontes[4] tenaient chacun en main un
petit livre de cartes, registre cornu de leurs infortunes. Un profond
silence régnait, la pâleur était sur le front des pontes, l'inquiétude
sur celui du banquier, et la dame du logis, assise auprès de ce ban-

1. **Folliculaire** : néologisme de Voltaire, journaliste de médiocre qualité. Élie Fréron
 (1717-1776) s'opposa aux Philosophes. Voltaire l'appela en 1760 le « gros cochon ».
2. **Mlle Clairon** : actrice célèbre (1723-1803) qui joua plusieurs tragédies de Voltaire.
3. **Pharaon** : jeu de cartes où l'on mise de l'argent.
4. **Pontes** : joueurs qui jouent contre la banque.

quier impitoyable, remarquait avec des yeux de lynx tous les paro-
105 lis, tous les sept et le va de campagne[1], dont chaque joueur cornait
ses cartes ; elle les faisait décorner avec une attention sévère mais
polie, et ne se fâchait point, de peur de perdre ses pratiques : la
dame se faisait appeler la marquise de Parolignac. Sa fille, âgée
de quinze ans, était au nombre des pontes et avertissait d'un clin
110 d'œil des friponneries de ces pauvres gens, qui tâchaient de réparer
les cruautés du sort. L'abbé périgourdin, Candide et Martin entrè-
rent ; personne ne se leva, ni les salua, ni les regarda ; tous étaient
profondément occupés de leurs cartes. « Madame la baronne de
Thunder-ten-tronckh était plus civile », dit Candide.
115 Cependant l'abbé s'approcha de l'oreille de la marquise, qui se
leva à moitié, honora Candide d'un sourire gracieux, et Martin d'un
air de tête tout à fait noble ; elle fit donner un siège et un jeu de
cartes à Candide, qui perdit cinquante mille francs en deux tailles ;
après quoi on soupa très gaiement, et tout le monde était étonné
120 que Candide ne fût pas ému de sa perte ; les laquais disaient entre
eux, dans leur langage de laquais : « Il faut que ce soit quelque
milord anglais. »
Le souper fut comme la plupart des soupers de Paris : d'abord du
silence, ensuite un bruit de paroles qu'on ne distingue point, puis
125 des plaisanteries dont la plupart sont insipides, de fausses nouvel-
les, de mauvais raisonnements, un peu de politique et beaucoup
de médisance ; on parla même de livres nouveaux. « Avez-vous
vu, dit l'abbé périgourdin, le roman du sieur Gauchat[2], docteur
en théologie ? – Oui, répondit un des convives, mais je n'ai pu
130 l'achever. Nous avons une foule d'écrits impertinents, mais tous
ensemble n'approchent pas de l'impertinence de Gauchat, docteur
en théologie ; je suis si rassasié de cette immensité de détestables
livres qui nous inondent que je me suis mis à ponter[3] au pharaon.
– Et les *Mélanges* de l'archidiacre T...[4], qu'en dites-vous ? dit l'abbé.
135 – Ah ! dit Mme de Parolignac, l'ennuyeux mortel ! comme il vous
dit curieusement tout ce que le monde sait ! comme il discute

1. **Les parolis, tous les sept et le va de campagne :** termes du jeu de pharaon.
2. **Gauchat :** l'abbé Gabriel Gauchat (1709-1774), adversaire des Philosophes.
3. **Ponter :** jouer contre celui qui tient la banque.
4. **T... :** l'abbé Trubet (1677-1770), adversaire de Voltaire.

pesamment ce qui ne vaut pas la peine d'être remarqué légère-
ment ! comme il s'approprie sans esprit l'esprit des autres ! comme
il gâte ce qu'il pille ! comme il me dégoûte ! Mais il ne me dégoû-
140 tera plus : c'est assez d'avoir lu quelques pages de l'archidiacre. »

Il y avait à table un homme savant et de goût qui appuya ce
que disait la marquise. On parla ensuite de tragédies ; la dame
demanda pourquoi il y avait des tragédies qu'on jouait quelquefois,
et qu'on ne pouvait lire. L'homme de goût expliqua très bien com-
145 ment une pièce pouvait avoir quelque intérêt et n'avoir presque
aucun mérite ; il prouva en peu de mots que ce n'était pas assez
d'amener une ou deux de ces situations qu'on trouve dans tous les
romans, et qui séduisent toujours les spectateurs, mais qu'il faut
être neuf sans être bizarre, souvent sublime, et toujours naturel ;
150 connaître le cœur humain et le faire parler ; être grand poète sans
que jamais aucun personnage de la pièce paraisse poète ; savoir
parfaitement sa langue, la parler avec pureté, avec une harmonie
continue, sans que jamais la rime coûte rien au sens. « Quiconque,
ajouta-t-il, n'observe pas toutes ces règles peut faire une ou deux
155 tragédies applaudies au théâtre, mais il ne sera jamais compté au
rang des bons écrivains ; il y a très peu de bonnes tragédies ; les
unes sont des idylles en dialogues bien écrits et bien rimés ; les
autres, des raisonnements politiques qui endorment, ou des ampli-
fications qui rebutent ; les autres, des rêves d'énergumène, en
160 style barbare, des propos interrompus, de longues apostrophes aux
dieux, parce qu'on ne sait point parler aux hommes, des maximes
fausses, des lieux communs ampoulés. »

Candide écouta ce propos avec attention, et conçut une grande
idée du discoureur ; et, comme la marquise avait eu soin de le pla-
165 cer à côté d'elle, il s'approcha de son oreille, et prit la liberté de lui
demander qui était cet homme qui parlait si bien. « C'est un savant,
dit la dame, qui ne ponte point, et que l'abbé m'amène quelquefois
à souper ; il se connaît parfaitement en tragédies et en livres, et il
a fait une tragédie sifflée et un livre dont on n'a jamais vu hors de
170 la boutique de son libraire qu'un exemplaire qu'il m'a dédié. – Le
grand homme ! dit Candide ; c'est un autre Pangloss. »

Alors, se tournant vers lui, il lui dit : « Monsieur, vous pensez
sans doute que tout est au mieux dans le monde physique et dans
le moral, et que rien ne pouvait être autrement ? – Moi, monsieur,

175 lui répondit le savant, je ne pense rien de tout cela : je trouve que tout va de travers chez nous ; que personne ne sait ni quel est son rang, ni quelle est sa charge, ni ce qu'il fait, ni ce qu'il doit faire, et qu'excepté le souper, qui est assez gai et où il paraît assez d'union, tout le reste du temps se passe en querelles impertinentes : jansé-
180 nistes contre molinistes[1], gens du parlement contre gens d'église, gens de lettres contre gens de lettres, courtisans contre courtisans, financiers contre le peuple, femmes contre maris, parents contre parents ; c'est une guerre éternelle. »

Candide lui répliqua : « J'ai vu pis. Mais un sage, qui depuis a eu
185 le malheur d'être pendu, m'apprit que tout cela est à merveille ; ce sont des ombres à un beau tableau. – Votre pendu se moquait du monde, dit Martin ; vos ombres sont des taches horribles. – Ce sont les hommes qui font les taches, dit Candide, et ils ne peuvent pas s'en dispenser. – Ce n'est donc pas leur faute », dit Martin. La
190 plupart des pontes, qui n'entendaient rien à ce langage, buvaient ; et Martin raisonna avec le savant, et Candide raconta une partie de ses aventures à la dame du logis.

Ayant soupé, la marquise mena Candide dans son cabinet et le fit asseoir sur un canapé. « Eh bien, lui dit-elle, vous aimez donc
195 toujours éperdument Mlle Cunégonde de Thunder-ten-tronckh ? – Oui, madame », répondit Candide. La marquise lui répliqua avec un souris tendre : « Vous me répondez comme un jeune homme de Westphalie ; un Français m'aurait dit : « Il est vrai que j'ai aimé Mlle Cunégonde ; mais en vous voyant, madame, je crains de ne la plus
200 aimer. » – Hélas ! madame, dit Candide, je répondrai comme vous voudrez. – Votre passion pour elle, dit la marquise, a commencé en ramassant son mouchoir ; je veux que vous ramassiez ma jarretière. – De tout mon cœur », dit Candide ; et il la ramassa. « Mais je veux que vous me la remettiez », dit la dame ; et Candide la lui remit.
205 « Voyez-vous, dit la dame, vous êtes étranger ; je fais quelquefois languir mes amants de Paris quinze jours, mais je me rends à vous dès la première nuit, parce qu'il faut faire les honneurs de son pays à un jeune homme de Westphalie. » La belle, ayant aperçu deux énormes diamants aux deux mains de son jeune étranger, les loua de si bonne
210 foi que des doigts de Candide ils passèrent aux doigts de la marquise.

1. **Molinistes :** autre nom des Jésuites.

Candide, en s'en retournant avec son abbé périgourdin, sentit quelques remords d'avoir fait une infidélité à Mlle Cunégonde ; monsieur l'abbé entra dans sa peine ; il n'avait qu'une légère part aux cinquante mille livres perdues au jeu par Candide, et à la
215 valeur des deux brillants, moitié donnés, moitié extorqués. Son dessein était de profiter, autant qu'il le pourrait, des avantages que la connaissance de Candide pouvait lui procurer. Il lui parla beaucoup de Cunégonde ; et Candide lui dit qu'il demanderait bien pardon à cette belle de son infidélité, quand il la verrait à Venise.

220 Le Périgourdin redoublait de politesses et d'attentions, et prenait un intérêt tendre à tout ce que Candide disait, à tout ce qu'il faisait, à tout ce qu'il voulait faire.

« Vous avez donc, monsieur, lui dit-il, un rendez-vous à Venise ? – Oui, monsieur l'abbé, dit Candide ; il faut absolument que j'aille
225 trouver Mlle Cunégonde. » Alors, engagé par le plaisir de parler de ce qu'il aimait, il conta, selon son usage, une partie de ses aventures avec cette illustre Westphalienne.

« Je crois, dit l'abbé, que Mlle Cunégonde a bien de l'esprit, et qu'elle écrit des lettres charmantes ? – Je n'en ai jamais reçu, dit
230 Candide ; car figurez-vous qu'ayant été chassé du château pour l'amour d'elle, je ne pus lui écrire ; que bientôt après j'appris qu'elle était morte, qu'ensuite je la retrouvai, et que je la perdis, et que je lui ai envoyé à deux mille cinq cents lieues d'ici un exprès[1] dont j'attends la réponse. »

235 L'abbé écoutait attentivement, et paraissait un peu rêveur. Il prit bientôt congé des deux étrangers, après les avoir tendrement embrassés. Le lendemain Candide reçut à son réveil une lettre conçue en ces termes :

Monsieur, mon très cher amant, il y a huit jours que je suis malade
240 *en cette ville ; j'apprends que vous y êtes. Je volerais dans vos bras si je pouvais remuer. J'ai su votre passage à Bordeaux ; j'y ai laissé le fidèle Cacambo et la vieille, qui doivent bientôt me suivre. Le gouverneur de Buenos Aires a tout pris, mais il me reste votre cœur. Venez, votre présence me rendra la vie, ou me fera mourir de plaisir.*

245 Cette lettre charmante, cette lettre inespérée, transporta Candide d'une joie inexprimable ; et la maladie de sa chère Cunégonde

1. **Exprès** : messager en mission.

l'accabla de douleur. Partagé entre ces deux sentiments, il prend son or et ses diamants, et se fait conduire avec Martin à l'hôtel où Mlle Cunégonde demeurait. Il entre en tremblant d'émotion, son
250 cœur palpite, sa voix sanglote ; il veut ouvrir les rideaux du lit, il veut faire apporter de la lumière. « Gardez-vous-en bien, lui dit la suivante, la lumière la tue » ; et soudain elle referme le rideau. « Ma chère Cunégonde, dit Candide en pleurant, comment vous portez-vous ? si vous ne pouvez me voir, parlez-moi du moins.
255 – Elle ne peut parler », dit la suivante. La dame alors tire du lit une main potelée que Candide arrose longtemps de ses larmes, et qu'il remplit ensuite de diamants, en laissant un sac plein d'or sur le fauteuil.

Au milieu de ses transports arrive un exempt[1] suivi de l'abbé
260 périgourdin et d'une escouade[2]. « Voilà donc, dit-il, ces deux étrangers suspects ? » Il les fait incontinent saisir, et ordonne à ses braves de les traîner en prison. « Ce n'est pas ainsi qu'on traite les voyageurs dans le Dorado, dit Candide. – Je suis plus manichéen que jamais, dit Martin. – Mais, Monsieur, où nous menez-vous ? dit
265 Candide. – Dans un cul-de-basse-fosse[3] », dit l'exempt.

Martin, ayant repris son sang-froid, jugea que la dame qui se prétendait Cunégonde était une friponne, monsieur l'abbé péri-gourdin un fripon qui avait abusé au plus vite de l'innocence de Candide, et l'exempt un autre fripon dont on pouvait aisément se
270 débarrasser.

Plutôt que de s'exposer aux procédures de la justice, Candide, éclairé par son conseil, et d'ailleurs toujours impatient de revoir la véritable Cunégonde, propose à l'exempt trois petits diamants d'environ trois mille pistoles chacun. « Ah ! monsieur, lui dit
275 l'homme au bâton d'ivoire[4], eussiez-vous commis tous les crimes imaginables, vous êtes le plus honnête homme du monde ; trois diamants ! chacun de trois mille pistoles ! Monsieur ! je me ferais tuer pour vous, au lieu de vous mener dans un cachot. On arrête tous les étrangers, mais laissez-moi faire ; j'ai un frère à Dieppe en

1. **Exempt :** officier de police.
2. **Escouade :** petite troupe.
3. **Un cul-de basse-fosse :** un cachot souterrain.
4. **L'homme au bâton d'ivoire :** l'exempt portait un bâton d'ébène à bouts d'ivoire.

280 Normandie, je vais vous y mener ; et si vous avez quelque diamant
à lui donner, il aura soin de vous comme moi-même.

– Et pourquoi arrête-t-on tous les étrangers ? » dit Candide.
L'abbé périgourdin prit alors la parole et dit : « C'est parce qu'un
gueux du pays d'Atrébatie[1] a entendu dire des sottises[2] : cela seul
285 lui a fait commettre un parricide, non pas tel que celui de 1610
au mois de mai, mais tel que celui de 1594 au mois de décembre,
et tel que plusieurs autres commis dans d'autres années et dans
d'autres mois par d'autres gueux qui avaient entendu dire des
sottises. »

290 L'exempt alors expliqua de quoi il s'agissait. « Ah, les monstres !
s'écria Candide ; quoi ! de telles horreurs chez un peuple qui
danse et qui chante ! Ne pourrai-je sortir au plus vite de ce pays
où des singes agacent des tigres ? J'ai vu des ours dans mon pays ;
je n'ai vu des hommes que dans le Dorado. Au nom de Dieu,
295 monsieur l'exempt, menez-moi à Venise, où je dois attendre Mlle
Cunégonde. – Je ne peux vous mener qu'en Basse-Normandie », dit
le barigel[3]. Aussitôt il lui fait ôter ses fers, dit qu'il s'est mépris, ren-
voie ses gens et emmène à Dieppe Candide et Martin, et les laisse
entre les mains de son frère. Il y avait un petit vaisseau hollandais
300 à la rade. Le Normand, à l'aide de trois autres diamants, devenu le
plus serviable des hommes, embarque Candide et ses gens dans le
vaisseau qui allait faire voile pour Portsmouth en Angleterre. Ce
n'était pas le chemin de Venise ; mais Candide croyait être délivré
de l'enfer, et il comptait bien reprendre la route de Venise à la pre-
305 mière occasion.

1. **Atrébatie :** Artois.
2. **Sottises :** les sottises désignent le fanatisme. À noter les allusions aux arrestations
 qui suivirent l'attentat de Damiens (un coup de canif) contre Louis XV le 5 janvier
 1717. Damiens était originaire d'Arras, dans l'Artois actuel. Autres allusions : 1594,
 attentat de Jean Châtel contre Henri IV ; 1610, assassinat d'Henri IV par Ravaillac.
3. **Barigel :** chef de la police, dans certaines villes italiennes.

CHAPITRE 23
Candide et Martin vont sur les côtes d'Angleterre ; ce qu'ils y voient

« AH, PANGLOSS ! Pangloss ! Ah, Martin ! Martin ! Ah, ma chère Cunégonde ! qu'est-ce que ce monde-ci ? disait Candide sur le vaisseau hollandais. – Quelque chose de bien fou et de bien abominable, répondait Martin. – Vous connaissez l'Angleterre ; y est-
5 on aussi fou qu'en France ? – C'est une autre espèce de folie, dit Martin. Vous savez que ces deux nations sont en guerre pour quelques arpents[1] de neige vers le Canada[2], et qu'elles dépensent pour cette belle guerre beaucoup plus que tout le Canada ne vaut, De vous dire précisément s'il y a plus de gens à lier dans un pays que
10 dans un autre, c'est ce que mes faibles lumières ne me permettent pas. Je sais seulement qu'en général les gens que nous allons voir sont fort atrabilaires[3]. »

En causant ainsi ils abordèrent à Portsmouth[4] ; une multitude de peuple couvrait le rivage, et regardait attentivement un assez
15 gros homme qui était à genoux, les yeux bandés, sur le tillac[5] d'un des vaisseaux de la flotte ; quatre soldats, postés vis-à-vis de cet homme, lui tirèrent chacun trois balles dans le crâne le plus paisiblement du monde, et toute l'assemblée s'en retourna extrêmement satisfaite. « Qu'est-ce donc que tout ceci ? dit Candide, et
20 quel démon exerce partout son empire ? » Il demanda qui était ce gros homme qu'on venait de tuer en cérémonie. « C'est un amiral, lui répondit-on. – Et pourquoi tuer cet amiral ? – C'est, lui dit-on, parce qu'il n'a pas fait tuer assez de monde ; il a livré un combat à un amiral français, et on a trouvé qu'il n'était pas assez près de
25 lui. – Mais, dit Candide, l'amiral français était aussi loin de l'amiral

1. **Arpent :** moins d'un demi-hectare.
2. **Canada :** en 1758, désigne le nord des Grands Lacs et la vallée du Saint-Laurent. Territoire disputé entre la France et l'Angleterre.
3. **Atrabilaires :** sujets à la bile noire, à la mélancolie.
4. **Portsmouth :** port du sud de l'Angleterre, près de Southampton.
5. **Tillac :** pont supérieur d'un navire.

anglais que celui-ci l'était de l'autre ! – Cela est incontestable, lui répliqua-t-on ; mais dans ce pays-ci il est bon de tuer de temps en temps un amiral pour encourager les autres[1]. »

Candide fut si étourdi et si choqué de ce qu'il voyait, et de ce qu'il entendait, qu'il ne voulut pas seulement mettre pied à terre, et qu'il fit son marché avec le patron hollandais (dût-il le voler comme celui de Surinam) pour le conduire sans délai à Venise.

Le patron fut prêt au bout de deux jours. On côtoya la France ; on passa à la vue de Lisbonne, et Candide frémit. On entra dans le détroit et dans la Méditerranée ; enfin on aborda à Venise. « Dieu soit loué ! dit Candide en embrassant Martin ; c'est ici que je reverrai la belle Cunégonde. Je compte sur Cacambo comme sur moi-même. Tout est bien, tout va bien, tout va le mieux qu'il soit possible. »

CHAPITRE 24
De Paquette et de frère Giroflée

DÈS QU'IL FUT à Venise, il fit chercher Cacambo dans tous les cabarets, dans tous les cafés, chez toutes les filles de joie, et ne le trouva point. Il envoyait tous les jours à la découverte de tous les vaisseaux et de toutes les barques : nulles nouvelles de Cacambo. « Quoi ! disait-il à Martin, j'ai eu le temps de passer de Surinam à Bordeaux, d'aller de Bordeaux à Paris, de Paris à Dieppe, de Dieppe à Portsmouth, de côtoyer le Portugal et l'Espagne, de traverser toute la Méditerranée, de passer quelques mois à Venise, et la belle

1. **Pour encourager les autres :** allusion à l'exécution de l'amiral John Byng dans le port de Portsmouth le 14 mars 1757. Il aurait manqué de pugnacité contre les Français, qui assiégeaient Port-Mahon à Minorque (1756). Voltaire ne put le sauver malgré ses interventions.

Cunégonde n'est point venue ! Je n'ai rencontré au lieu d'elle qu'une
10 drôlesse et un abbé périgourdin ! Cunégonde est morte sans doute,
je n'ai plus qu'à mourir. Ah ! il valait mieux rester dans le paradis du
Dorado que de revenir dans cette maudite Europe. Que vous avez
raison, mon cher Martin ! tout n'est qu'illusion et calamité. »

Il tomba dans une mélancolie noire, et ne prit aucune part a
15 l'opéra *alla moda* ni aux autres divertissements du carnaval ; pas
une dame ne lui donna la moindre tentation. Martin lui dit : « Vous
êtes bien simple, en vérité, de vous figurer qu'un valet métis, qui a
cinq ou six millions dans ses poches, ira chercher votre maîtresse
au bout du monde et vous l'amènera à Venise. Il la prendra pour
20 lui s'il la trouve. S'il ne la trouve pas, il en prendra une autre : je
vous conseille d'oublier votre valet Cacambo et votre maîtresse
Cunégonde. » Martin n'était pas consolant. La mélancolie de
Candide augmenta, et Martin ne cessait de lui prouver qu'il y avait
peu de vertu et peu de bonheur sur la terre, excepté peut-être dans
25 Eldorado, où personne ne pouvait aller.

En disputant sur cette matière importante, et en attendant
Cunégonde, Candide aperçut un jeune théatin[1] dans la place Saint-
Marc[2], qui tenait sous le bras une fille. Le théatin paraissait frais,
potelé, vigoureux ; ses yeux étaient brillants, son air assuré, sa mine
30 haute, sa démarche fière. La fille était très jolie et chantait ; elle
regardait amoureusement son théatin, et de temps en temps lui
pinçait ses grosses joues. « Vous m'avouerez du moins, dit Candide
à Martin, que ces gens-ci sont heureux. Je n'ai trouvé jusqu'à pré-
sent dans toute la terre habitable, excepté dans Eldorado, que des
35 infortunés ; mais, pour cette fille et ce théatin, je gage que ce sont
des créatures très heureuses. – Je gage que non, dit Martin. – Il n'y a
qu'à les prier à dîner, dit Candide, et vous verrez si je me trompe. »

Aussitôt il les aborde, il leur fait son compliment, et les
invite à venir à son hôtellerie manger des macaronis, des per-
40 drix de Lombardie, des œufs d'esturgeon, et à boire du vin de
Montepulciano, du lacryma-christi, du chypre et du samos[3]. La

1. **Théatin :** moine de l'ordre italien des théatins fondé au XIVe siècle.
2. **Place Saint-Marc :** place centrale de Venise, devant la basilique Saint-Marc.
3. **Du vin de Montepulciano, du lacryma-christi, du chypre et du samos :** vins
 réputés du bassin méditerranéen (Toscane, Campanie, Chypre, Grèce).

demoiselle rougit, le théatin accepta la partie[1], et la fille le suivit
en regardant Candide avec des yeux de surprise et de confusion
qui furent obscurcis de quelques larmes. À peine fut-elle entrée
45 dans la chambre de Candide qu'elle lui dit : « Eh quoi ! monsieur
Candide ne reconnaît plus Paquette ! » À ces mots, Candide, qui
l'avait pas considérée jusque-là avec attention, parce qu'il n'était
occupé que de Cunégonde, lui dit : « Hélas ! ma pauvre enfant,
c'est donc vous qui avez mis le docteur Pangloss dans le bel état
50 où je l'ai vu ? – Hélas ! monsieur, c'est moi-même, dit Paquette ;
je vois que vous êtes instruit de tout. J'ai su les malheurs épou-
vantables arrivés à toute la maison de madame la baronne et à
la belle Cunégonde. Je vous jure que ma destinée n'a guère été
moins triste. J'étais fort innocente quand vous m'avez vue. Un cor-
55 delier[2] qui était mon confesseur me séduisit aisément. Les suites
en furent affreuses ; je fus obligée de sortir du château quelque
temps après que monsieur le baron vous eut renvoyé à grands
coups de pied dans le derrière. Si un fameux médecin n'avait pas
pris pitié de moi, j'étais morte. Je fus quelque temps par reconnais-
60 sance la maîtresse de ce médecin. Sa femme, qui était jalouse à la
rage, me battait tous les jours impitoyablement ; c'était une furie.
Ce médecin était le plus laid de tous les hommes, et moi la plus
malheureuse de toutes les créatures d'être battue continuellement
pour un homme que je n'aimais pas. Vous savez, monsieur, com-
65 bien il est dangereux pour une femme acariâtre[3] d'être l'épouse
d'un médecin. Celui-ci, outré des procédés de sa femme, lui donna
un jour, pour la guérir d'un petit rhume, une médecine si efficace
qu'elle en mourut en deux heures de temps dans des convulsions
horribles. Les parents de madame intentèrent à monsieur un pro-
70 cès criminel ; il prit la fuite, et moi je fus mise en prison. Mon inno-
cence ne m'aurait pas sauvée si je n'avais été un peu jolie. Le juge
m'élargit[4] à condition qu'il succéderait au médecin. Je fus bientôt
supplantée par une rivale, chassée sans récompense, et obligée de
continuer ce métier abominable qui vous paraît si plaisant à vous

1. **La partie :** le divertissement.
2. **Cordelier :** religieux de l'ordre de Saint-François-d'Assise, appelé aussi franciscain.
3. **Acariâtre :** d'un caractère difficile, revêche.
4. **M'élargit :** me libéra.

75 autres hommes, et qui n'est pour nous qu'un abîme de misères.
J'allai exercer la profession à Venise. Ah ! monsieur, si vous pouviez
vous imaginer ce que c'est que d'être obligée de caresser indifféremment un vieux marchand, un avocat, un moine, un gondolier,
un abbé ; d'être exposée à toutes les insultes, à toutes les avanies ;
80 d'être souvent réduite à emprunter une jupe pour aller se la faire
lever par un homme dégoûtant ; d'être volée par l'un de ce qu'on a
gagné avec l'autre ; d'être rançonnée par les officiers de justice, et
de n'avoir en perspective qu'une vieillesse affreuse, un hôpital et
un fumier[1], vous concluriez que je suis une des plus malheureuses
85 créatures du monde. »

Paquette ouvrait ainsi son cœur au bon Candide, dans un cabinet, en présence de Martin, qui disait à Candide : « Vous voyez que
j'ai déjà gagné la moitié de la gageure. »

Frère Giroflée était resté dans la salle à manger, et buvait un
90 coup en attendant le dîner. « Mais, dit Candide à Paquette, vous
aviez l'air si gai, si content, quand je vous ai rencontrée ; vous
chantiez, vous caressiez le théatin avec une complaisance naturelle ; vous m'avez paru aussi heureuse que vous prétendez être
infortunée. – Ah ! monsieur, répondit Paquette, c'est encore là une
95 des misères du métier. J'ai été hier volée et battue par un officier,
et il faut aujourd'hui que je paraisse de bonne humeur pour plaire
à un moine. »

Candide n'en voulut pas davantage ; il avoua que Martin avait
raison. On se mit à table avec Paquette et le théatin, le repas fut
100 assez amusant, et sur la fin on se parla avec quelque confiance.
« Mon Père, dit Candide au moine, vous me paraissez jouir d'une
destinée que tout le monde doit envier ; la fleur de la santé brille
sur votre visage, votre physionomie annonce le bonheur ; vous
avez une très jolie fille pour votre récréation[2], et vous paraissez
105 très content de votre état de théatin.

– Ma foi, monsieur, dit frère Giroflée, je voudrais que tous les
théatins fussent au fond de la mer. J'ai été tenté cent fois de mettre
le feu au couvent, et d'aller me faire turc. Mes parents me forcèrent
à l'âge de quinze ans d'endosser cette détestable robe, pour laisser

1. **Fumier :** la décharge publique où le corps des prostituées est jeté.
2. **Récréation :** plaisir.

110 plus de fortune à un maudit frère aîné que Dieu confonde ! La
jalousie, la discorde, la rage, habitent dans le couvent. Il est vrai
que j'ai prêché quelques mauvais sermons qui m'ont valu un peu
d'argent, dont le prieur me vole la moitié : le reste me sert à entre-
tenir des filles ; mais, quand je rentre le soir dans le monastère, je
115 suis prêt de me casser la tête contre les murs du dortoir ; et tous
mes confrères sont dans le même cas. »

Martin se tournant vers Candide avec son sang-froid ordinaire :
« Eh bien, lui dit-il, n'ai-je pas gagné la gageure tout entière ? »
Candide donna deux mille piastres à Paquette et mille piastres
120 à frère Giroflée. « Je vous réponds, dit-il, qu'avec cela ils seront
heureux. – Je n'en crois rien du tout, dit Martin ; vous les rendrez
peut-être avec ces piastres beaucoup plus malheureux encore. – Il
en sera ce qui pourra, dit Candide ; mais une chose me console,
je vois qu'on retrouve souvent les gens qu'on ne croyait jamais
125 retrouver ; il se pourra bien faire qu'ayant rencontré mon mouton
rouge et Paquette, je rencontre aussi Cunégonde. – Je souhaite, dit
Martin, qu'elle fasse un jour votre bonheur ; mais c'est de quoi je
doute fort. – Vous êtes bien dur, dit Candide. – C'est que j'ai vécu,
dit Martin.

130 – Mais regardez ces gondoliers, dit Candide ; ne chantent-ils
pas sans cesse ? – Vous ne les voyez pas dans leur ménage, avec
leurs femmes et leurs marmots d'enfants, dit Martin. Le doge[1] a ses
chagrins, les gondoliers ont les leurs. Il est vrai qu'à tout prendre
le sort d'un gondolier est préférable à celui d'un doge ; mais je
135 crois la différence si médiocre que cela ne vaut pas la peine d'être
examiné.

– On parle, dit Candide, du sénateur Pococuranté[2] qui demeure
dans ce beau palais sur la Brenta[3], et qui reçoit assez bien les
étrangers. On prétend que c'est un homme qui n'a jamais eu de
140 chagrin. – Je voudrais voir une espèce si rare », dit Martin. Candide
aussitôt fit demander au seigneur Pococuranté la permission de
venir le voir le lendemain.

1. **Le doge** : gouverneur de Venise.
2. **Pococuranté** : « peu soucieux », en italien.
3. **Brenta** : rivière entre Padoue et Venise bordée de palais ou « villas ».

CHAPITRE 25
Visite chez le seigneur Pococuranté, noble vénitien

CANDIDE et Martin allèrent en gondole sur la Brenta et arrivèrent au palais du noble Pococuranté. Les jardins étaient bien entendus[1] et ornés de belles statues de marbre ; le palais, d'une belle architecture. Le maître du logis, homme de soixante ans, fort riche, reçut
5 très poliment les deux curieux, mais avec très peu d'empressement, ce qui déconcerta Candide et ne déplut point à Martin.

D'abord deux filles jolies et proprement mises[2] servirent du chocolat qu'elles firent très bien mousser. Candide ne put s'empêcher de les louer sur leur beauté, sur leur bonne grâce et sur
10 leur adresse. « Ce sont d'assez bonnes créatures, dit le sénateur Pococuranté ; je les fais quelquefois coucher dans mon lit, car je suis bien las des dames de la ville[3], de leurs coquetteries, de leurs jalousies, de leurs querelles, de leurs humeurs, de leurs petitesses, de leur orgueil, de leur sottise, et des sonnets qu'il faut faire ou
15 commander pour elles ; mais, après tout, ces deux filles commencent fort à m'ennuyer. »

Candide, après le déjeuner, se promenant dans une longue galerie, fut surpris de la beauté des tableaux. Il demanda de quel maître étaient les deux premiers. « Ils sont de Raphaël, dit le sénateur ;
20 je les achetai fort cher par vanité il y a quelques années ; on dit que c'est ce qu'il y a de plus beau en Italie, mais ils ne me plaisent point du tout : la couleur en est très rembrunie ; les figures ne sont pas assez arrondies, et ne sortent point assez[4] ; les draperies ne ressemblent en rien à une étoffe ; en un mot, quoi qu'on en dise,
25 je ne trouve point là une imitation vraie de la nature. Je n'aimerai un tableau que quand je croirai voir la nature elle-même : il n'y en

1. **Bien entendus :** bien pensés, conçus.
2. **Proprement mises :** vêtues avec élégance.
3. **Dames de la ville :** femmes de la bonne société.
4. **Les figures ne sont pas assez arrondies, et ne sortent point assez :** termes utilisés en peinture. Les figures – ou motifs – doivent acquérir du relief.

a point de cette espèce. J'ai beaucoup de tableaux mais je ne les regarde plus. »

Pococuranté, en attendant le dîner, se fit donner un concerto.
30 Candide trouva la musique délicieuse. « Ce bruit, dit Pococuranté, peut amuser une demi-heure ; mais, s'il dure plus longtemps, il fatigue tout le monde, quoique personne n'ose l'avouer. La musique aujourd'hui n'est plus que l'art d'exécuter des choses difficiles, et ce qui n'est que difficile ne plaît point à la longue.

35 « J'aimerais peut-être mieux l'opéra, si on n'avait pas trouvé le secret d'en faire un monstre qui me révolte. Ira voir qui voudra de mauvaises tragédies en musique, où les scènes ne sont faites que pour amener, très mal à propos, deux ou trois chansons ridicules qui font valoir le gosier d'une actrice ; se pâmera de plaisir qui vou-
40 dra, ou qui pourra, en voyant un châtré[1] fredonner le rôle de César et de Caton[2] et se promener d'un air gauche sur des planches ; pour moi, il y a longtemps que j'ai renoncé à ces pauvretés, qui font aujourd'hui la gloire de l'Italie, et que des souverains paient si chèrement. » Candide disputa un peu, mais avec discrétion. Martin
45 fut entièrement de l'avis du sénateur.

On se mit à table, et, après un excellent dîner, on entra dans la bibliothèque. Candide, en voyant un Homère magnifiquement relié, loua l'illustrissime sur son bon goût. « Voilà, dit-il, un livre qui faisait les délices du grand Pangloss, le meilleur philosophe de l'Al-
50 lemagne. – Il ne fait pas les miennes, dit froidement Pococuranté ; on me fit accroire autrefois que j'avais du plaisir en le lisant ; mais cette répétition continuelle de combats qui se ressemblent tous, ces dieux qui agissent toujours pour ne rien faire de décisif, cette Hélène qui est le sujet de la guerre, et qui à peine est une actrice
55 de la pièce ; cette Troie[3] qu'on assiège et qu'on ne prend point, tout cela me causait le plus mortel ennui. J'ai demandé quelquefois à des savants s'ils s'ennuyaient autant que moi à cette lecture. Tous les gens sincères m'ont avoué que le livre leur tombait des mains,

1. **Châtré :** homme que l'on a émasculé.
2. **De César et de Caton :** Caton d'Utique, ou Caton le Jeune (Ier siècle av. J.-C.), s'opposa à César.
3. **Troie :** ville d'Asie Mineure, au centre de la guerre qui porte son nom et qui dura dix ans (XIIe siècle av. J.-C.).

mais qu'il fallait toujours l'avoir dans sa bibliothèque, comme un
60 monument de l'Antiquité, et comme ces médailles rouillées qui ne
peuvent être de commerce.

– Votre Excellence ne pense pas ainsi de Virgile ? dit Candide.
– Je conviens, dit Pococuranté, que le second, le quatrième et le
sixième livre de son *Énéide*[1] sont excellents ; mais pour son pieux
65 Énée, et le fort Cloanthe, et l'ami Achates, et le petit Ascanius, et
l'imbécile roi Latinus, et la bourgeoise Amata, et l'insipide Lavinia,
je ne crois pas qu'il y ait rien de si froid et de plus désagréable.
J'aime mieux le Tasse et les contes à dormir debout de l'Arioste[2].
– Oserais-je vous demander, monsieur, dit Candide, si vous n'avez
70 pas un grand plaisir à lire Horace[3] ? – Il y a des maximes, dit
Pococuranté, dont un homme du monde peut faire son profit, et
qui, étant resserrées dans des vers énergiques, se gravent plus aisé-
ment dans la mémoire. Mais je me soucie fort peu de son voyage à
Brindes[4], et de sa description d'un mauvais dîner, et de la querelle
75 des crocheteurs[5] entre je ne sais quel Pupilus, dont les paroles,
dit-il, *étaient pleines de pus*, et un autre dont les paroles *étaient du
vinaigre*. Je n'ai lu qu'avec un extrême dégoût ses vers grossiers
contre des vieilles et contre des sorcières ; et je ne vois pas quel
mérite il peut y avoir à dire à son ami Mæcenas[6] que, s'il est mis
80 par lui au rang des poètes lyriques, il frappera les astres de son
front sublime. Les sots admirent tout dans un auteur estimé. Je ne
lis que pour moi ; je n'aime que ce qui est à mon usage. » Candide,
qui avait été élevé à ne jamais juger de rien par lui-même, était fort
étonné de ce qu'il entendait ; et Martin trouvait la façon de penser
85 de Pococuranté assez raisonnable.

1. *Énéide :* poème épique de Virgile (70-19 av. J.-C.) qui relate le voyage d'Énée, le
Troyen, fuyant Troie en flammes jusqu'en Italie où il fondera la nation romaine.
2. **Le Tasse [...] l'Arioste :** poètes épiques italiens ; le Tasse (1544-1595) ; l'Arioste
(1474-1533).
3. **Horace :** poète lyrique latin (65-8 av. J.-C.).
4. **Brindes :** port du sud de l'Italie (aujourd'hui Brindisi).
5. **Crocheteurs :** les porteurs de fardeaux qui possèdent un crochet.
6. **Mæcenas :** amateur d'art étrusque (69-8 av. J.-C.), ami de l'empereur romain
Auguste, qui a donné son nom à tous ceux qui aident les artistes, les mécènes.

« Oh ! voici un Cicéron[1], dit Candide ; pour ce grand homme-là, je pense que vous ne vous lassez point de le lire ? – Je ne le lis jamais, répondit le Vénitien. Que m'importe qu'il ait plaidé pour Rabirius ou pour Cluentius ? J'ai bien assez des procès que je juge ;
90 je me serais mieux accommodé de ses œuvres philosophiques ; mais, quand j'ai vu qu'il doutait de tout, j'ai conclu que j'en savais autant que lui, et que je n'avais besoin de personne pour être ignorant.
– Ah ! voilà quatre-vingts volumes de recueils d'une académie
95 des sciences, s'écria Martin ; il se peut qu'il y ait là du bon. – Il y en aurait, dit Pococuranté, si un seul des auteurs de ces fatras avait inventé seulement l'art de faire des épingles ; mais il n'y a dans tous ces livres que de vains systèmes et pas une seule chose utile.
– Que de pièces de théâtre je vois là ! dit Candide ; en italien, en
100 espagnol, en français ! – Oui, dit le sénateur, il y en a trois mille, et pas trois douzaines de bonnes. Pour ces recueils de sermons, qui tous ensemble ne valent pas une page de Sénèque[2], et tous ces gros volumes de théologie, vous pensez bien que je ne les ouvre jamais, ni moi ni personne. »
105 Martin aperçut des rayons chargés de livres anglais. « Je crois, dit-il, qu'un républicain doit se plaire à la plupart de ces ouvrages, écrits si librement[3]. – Oui, répondit Pococuranté, il est beau d'écrire ce qu'on pense ; c'est le privilège de l'homme. Dans toute notre Italie, on n'écrit que ce qu'on ne pense pas ; ceux qui habi-
110 tent la patrie des Césars et des Antonins[4] n'osent avoir une idée sans la permission d'un jacobin[5]. Je serais content de la liberté qui inspire les génies anglais si la passion et l'esprit de parti ne corrompaient pas tout ce que cette précieuse liberté a d'estimable[6]. »

1. **Cicéron** : avocat, homme politique, écrivain latin (106-43 av. J.-C.).
2. **Sénèque** : philosophe stoïcien latin (vers 4 av. J.-C. - 65 apr. J.-C.).
3. **Un républicain [...] si librement** : Venise était une république. Les Anglais étaient aussi réputés dans toute l'Europe pour leur liberté de pensée.
4. **Des Césars et des Antonins** : deux dynasties d'empereurs romains.
5. **Un jacobin** : religieux de l'ordre de Saint-Dominique. Les jacobins ont été très actifs durant l'Inquisition.
6. **Estimable** : allusion aux querelles et aux passions que la liberté anglaise permet de faire éclater.

Candide ou l'Optimisme

Candide, apercevant un Milton[1], lui demanda s'il ne regardait
pas cet auteur comme un grand homme. « Qui ? dit Pococuranté,
ce barbare qui fait un long commentaire du premier chapitre de la
Genèse en dix livres de vers durs ? ce grossier imitateur des Grecs,
qui défigure la création, et qui, tandis que Moïse représente l'Être
éternel produisant le monde par la parole, fait prendre un grand
compas par le Messiah dans une armoire du ciel pour tracer son
ouvrage ? Moi, j'estimerais celui qui a gâté l'enfer et le diable du
Tasse ; qui déguise Lucifer tantôt en crapaud, tantôt en pygmée ;
qui lui fait rebattre cent fois les mêmes discours ; qui le fait dispu-
ter sur la théologie ; qui, en imitant sérieusement l'invention comi-
que des armes à feu de l'Arioste, fait tirer le canon dans le ciel par
les diables ? Ni moi, ni personne en Italie, n'a pu se plaire à toutes
ces tristes extravagances. Le mariage du péché et de la mort et les
couleuvres dont le péché accouche font vomir tout homme qui a
le goût un peu délicat, et sa longue description d'un hôpital n'est
bonne que pour un fossoyeur. Ce poème obscur, bizarre et dégoû-
tant, fut méprisé à sa naissance ; je le traite aujourd'hui comme
il fut traité dans sa patrie par les contemporains. Au reste, je dis
ce que je pense, et je me soucie fort peu que les autres pensent
comme moi. » Candide était affligé de ces discours ; il respectait
Homère, il aimait un peu Milton. « Hélas ! dit-il tout bas à Martin,
j'ai bien peur que cet homme-ci n'ait un souverain mépris pour nos
poètes allemands. – Il n'y aurait pas grand mal à cela, dit Martin. –
Oh, quel homme supérieur ! disait encore Candide entre ses dents,
quel grand génie que ce Pococuranté ! rien ne peut lui plaire. »

Après avoir fait ainsi la revue de tous les livres, ils descendirent
dans le jardin. Candide en loua toutes les beautés. « Je ne sais rien
de si mauvais goût, dit le maître : nous n'avons ici que des colifi-
chets ; mais je vais dès demain en faire planter un d'un dessin plus
noble. »

Quand les deux curieux eurent pris congé de Son Excellence :
« Or çà, dit Candide à Martin, vous conviendrez que voilà le plus
heureux de tous les hommes, car il est au-dessus de tout ce qu'il
possède. – Ne voyez-vous pas, dit Martin, qu'il est dégoûté de tout

1. **Milton** : poète anglais (1608-1674) auteur du *Paradis perdu* (1667).

ce qu'il possède ? Platon[1] a dit, il y a longtemps, que les meilleurs
150 estomacs ne sont pas ceux qui rebutent[2] tous les aliments. – Mais,
dit Candide, n'y a-t-il pas du plaisir à tout critiquer, à sentir des
défauts où les autres hommes croient voir des beautés ? – C'est-
à-dire, reprit Martin, qu'il y a du plaisir à n'avoir pas de plaisir ?
– Oh bien ! dit Candide, il n'y a donc d'heureux que moi, quand je
155 reverrai Mlle Cunégonde. – C'est toujours bien fait d'espérer », dit
Martin.

Cependant les jours, les semaines s'écoulaient ; Cacambo ne
revenait point, et Candide était si abîmé dans sa douleur qu'il ne
fit pas même réflexion que Paquette et frère Giroflée n'étaient pas
160 venus seulement le remercier.

CHAPITRE 26
D'un souper que Candide et Martin firent
avec six étrangers, et qui ils étaient

UN SOIR que Candide, suivi de Martin, allait se mettre à table avec
les étrangers qui logeaient dans la même hôtellerie, un homme à
visage couleur de suie l'aborda par-derrière, et, le prenant par le
bras, lui dit : « Soyez prêt à partir avec nous, n'y manquez pas. » Il
5 se retourne, et voit Cacambo. Il n'y avait que la vue de Cunégonde
qui pût l'étonner et lui plaire davantage. Il fut sur le point de
devenir fou de joie. Il embrasse son cher ami. « Cunégonde est
ici, sans doute, où est-elle ? Mène-moi vers elle, que je meure de
joie avec elle. – Cunégonde n'est point ici, dit Cacambo, elle est
10 à Constantinople. – Ah, Ciel ! à Constantinople ! mais, fût-elle à
la Chine, j'y vole, partons. – Nous partirons après souper, reprit

1. **Platon** : philosophe grec (428-348 av. J.-C.), auteur de *La République*.
2. **Rebutent :** refusent.

Candide ou l'Optimisme

Cacambo, je ne peux vous en dire davantage ; je suis esclave, mon maître m'attend ; il faut que j'aille le servir à table : ne dites mot ; soupez et tenez-vous prêt. »

15 Candide, partagé entre la joie et la douleur, charmé d'avoir revu son agent fidèle, étonné de le voir esclave, plein de l'idée de retrouver sa maîtresse, le cœur agité, l'esprit bouleversé, se mit à table avec Martin, qui voyait de sang-froid toutes ces aventures, et avec six étrangers qui étaient venus passer le carnaval à Venise.

20 Cacambo, qui versait à boire à l'un de ces étrangers, s'approcha de l'oreille de son maître, sur la fin du repas, et lui dit : « Sire, Votre Majesté partira quand elle voudra, le vaisseau est prêt. » Ayant dit ces mots, il sortit. Les convives, étonnés, se regardaient sans proférer une seule parole, lorsqu'un autre domestique, s'approchant de

25 son maître, lui dit : « Sire, la chaise de Votre Majesté est à Padoue[1], et la barque est prête. » Le maître fit un signe, et le domestique partit. Tous les convives se regardèrent encore, et la surprise commune redoubla. Un troisième valet, s'approchant aussi d'un troisième étranger, lui dit : « Sire, croyez-moi, Votre Majesté ne doit

30 pas rester ici plus longtemps : je vais tout préparer » ; et aussitôt il disparut.

Candide et Martin ne doutèrent pas alors que ce ne fût une mascarade[2] du carnaval. Un quatrième domestique dit au quatrième maître : « Votre Majesté partira quand elle voudra », et sortit

35 comme les autres. Le cinquième valet en dit autant au cinquième maître. Mais le sixième valet parla différemment au sixième étranger, qui était auprès de Candide ; il lui dit : « Ma foi, Sire, on ne veut plus faire crédit à Votre Majesté, ni à moi non plus ; et nous pourrions bien être coffrés cette nuit, vous et moi : je vais pourvoir

40 à mes affaires ; adieu. »

Tous les domestiques ayant disparu, les six étrangers, Candide et Martin demeurèrent dans un profond silence. Enfin Candide le rompit. « Messieurs, dit-il, voilà une singulière plaisanterie : pourquoi êtes-vous tous rois ? Pour moi, je vous avoue que ni moi ni

45 Martin nous ne le sommes. »

1. **Padoue :** ville d'Italie du Nord, proche de Venise, où l'on honore saint Antoine.
2. **Mascarade :** fête traditionnelle masquée et costumée.

Le maître de Cacambo prit alors gravement la parole, et dit en italien : « Je ne suis point plaisant, je m'appelle Achmet III[1]. J'ai été grand sultan plusieurs années ; je détrônai mon frère ; mon neveu m'a détrôné ; on a coupé le cou à mes visirs[2] ; j'achève ma vie dans
50 le vieux sérail ; mon neveu le grand sultan Mahmoud me permet de voyager quelquefois pour ma santé, et je suis venu passer le carnaval à Venise. »

Un jeune homme qui était auprès d'Achmet parla après lui, et dit : « Je m'appelle Ivan[3] ; j'ai été empereur de toutes les Russies ;
55 j'ai été détrôné au berceau ; mon père et ma mère ont été enfermés ; on m'a élevé en prison ; j'ai quelquefois la permission de voyager, accompagné de ceux qui me gardent, et je suis venu passer le carnaval à Venise. »

Le troisième dit : « Je suis Charles-Édouard[4], roi d'Angleterre ;
60 mon père m'a cédé ses droits au royaume ; j'ai combattu pour les soutenir ; on a arraché le cœur à huit cents de mes partisans, et on leur en a battu les joues. J'ai été mis en prison ; je vais à Rome faire une visite au roi mon père, détrôné ainsi que moi et mon grand-père, et je suis venu passer le carnaval à Venise. »

65 Le quatrième prit alors la parole et dit : « Je suis roi des Polaques[5] ; le sort de la guerre m'a privé de mes États héréditaires ; mon père a éprouvé les mêmes revers ; je me résigne à la Providence comme le sultan Achmet, l'empereur Ivan et le roi Charles-Édouard, à qui Dieu donne une longue vie, et je suis venu
70 passer le carnaval à Venise. »

1. **Achmet III :** sultan ottoman (1703-1730). Il mourut en 1736 dans le palais réservé aux sultans déposés.
2. **Visirs :** autre forme pour « vizirs » ; un vizir est un ministre.
3. **Ivan :** Ivan VI (1740-1764). Il fut désigné tsar à sa naissance et déposé l'année suivante. Il fut assassiné en 1764.
4. **Charles-Édouard :** Charles-Édouard Stuart (1720-1788), petit-fils de Jacques II, roi d'Angleterre détrôné en 1688. Il mourut à Rome en 1788.
5. **Roi des Polaques :** Auguste III de Saxe (1696-1783), roi de Pologne de 1733 à 1763. Il est contraint par Frédéric II de Prusse de quitter ses États héréditaires de Saxe.

Le cinquième dit : « Je suis aussi roi des Polaques[1] ; j'ai perdu mon royaume deux fois ; mais la Providence m'a donné un autre État, dans lequel j'ai fait plus de bien que tous les rois des Sarmates[2] ensemble n'en ont jamais pu faire sur les bords de la Vistule[3] ; je me résigne aussi à la Providence, et je suis venu passer le carnaval à Venise. »

Il restait au sixième monarque à parler. « Messieurs, dit-il, je ne suis pas si grand seigneur que vous ; mais enfin j'ai été roi tout comme un autre. Je suis Théodore[4] ; on m'a élu roi en Corse ; on m'a appelé *Votre Majesté*, et à présent, à peine m'appelle-t-on *monsieur*. J'ai fait frapper de la monnaie, et je ne possède pas un denier ; j'ai eu deux secrétaires d'État, et j'ai à peine un valet ; je me suis vu sur un trône, et j'ai longtemps été à Londres en prison, sur la paille. J'ai bien peur d'être traité de même ici, quoique je sois venu comme Vos Majestés passer le carnaval à Venise. »

Les cinq autres rois écoutèrent ce discours avec une noble compassion. Chacun d'eux donna vingt sequins[5] au roi Théodore pour avoir des habits et des chemises ; et Candide lui fit présent d'un diamant de deux mille sequins. « Quel est donc, disaient les cinq rois, ce simple particulier qui est en état de donner cent fois autant que chacun de nous, et qui le donne ? »

Dans l'instant qu'on sortait de table, il arriva dans la même hôtellerie quatre altesses sérénissimes qui avaient aussi perdu leurs États par le sort de la guerre, et qui venaient passer le reste du carnaval à Venise. Mais Candide ne prit pas seulement garde à ces nouveaux venus. Il n'était occupé que d'aller trouver sa chère Cunégonde à Constantinople.

1. **Je suis aussi roi des Polaques** : Stanislas Leszczynski (1677-1766), élu roi de Pologne en 1704, chassé par Pierre le Grand en 1709, devint duc de Lorraine et de Bar en 1738. Une de ses filles, Marie, épousa Louis XV.
2. **Les rois des Sarmates** : le roi des Polonais.
3. **La Vistule** : fleuve traversant Varsovie.
4. **Théodore** : baron Théodore de Neuhoff (1694-1756), aventurier allemand qui se fit élire roi de Corse en 1736. Après un règne de sept mois, il dut s'enfuir en Angleterre.
5. **Sequins** : monnaie d'or de Venise.

CHAPITRE 27
Voyage de Candide à Constantinople

LE FIDÈLE Cacambo avait déjà obtenu du patron turc qui allait
reconduire le sultan Achmet à Constantinople qu'il recevrait
Candide et Martin sur son bord. L'un et l'autre s'y rendirent après
s'être prosternés devant Sa misérable Hautesse. Candide, chemin
5 faisant, disait à Martin : « Voilà pourtant six rois détrônés, avec qui
nous avons soupé, et encore dans ces six rois il y en a un à qui
j'ai fait l'aumône. Peut-être y a-t-il beaucoup d'autres princes plus
infortunés. Pour moi, je n'ai perdu que cent moutons, et je vole
dans les bras de Cunégonde. Mon cher Martin, encore une fois,
10 Pangloss avait raison : tout est bien. – Je le souhaite, dit Martin. –
Mais, dit Candide, voilà une aventure bien peu vraisemblable que
nous avons eue à Venise. On n'avait jamais vu ni ouï conter que
six rois détrônés soupassent ensemble au cabaret. – Cela n'est pas
plus extraordinaire, dit Martin, que la plupart des choses qui nous
15 sont arrivées. Il est très commun que des rois soient détrônés ; et à
l'égard de l'honneur que nous avons eu de souper avec eux, c'est
une bagatelle qui ne mérite pas notre attention. »

À peine Candide fut-il dans le vaisseau qu'il sauta au cou de
son ancien valet, de son ami Cacambo. « Eh bien, lui dit-il, que fait
20 Cunégonde ? Est-elle toujours un prodige de beauté ? M'aime-t-elle
toujours ? Comment se porte-t-elle ? Tu lui as sans doute acheté
un palais à Constantinople ?

– Mon cher maître, répondit Cacambo, Cunégonde lave les
écuelles sur le bord de la Propontide[1], chez un prince qui a très
25 peu d'écuelles ; elle est esclave dans la maison d'un ancien souve-
rain nommé Ragotski[2], à qui le Grand Turc donne trois écus par
jour dans son asile ; mais ce qui est bien plus triste, c'est qu'elle a
perdu sa beauté et qu'elle est devenue horriblement laide. – Ah !
belle ou laide, dit Candide, je suis honnête homme, et mon devoir

1. **La Propontide :** la mer de Marmara.
2. **Ragotski :** prince hongrois (1676-1735), roi de Transylvanie, qui se souleva contre
les Autrichiens. Il s'exila chez les Ottomans après sa défaite.

30 est de l'aimer toujours. Mais comment peut-elle être réduite à un
état si abject avec les cinq ou six millions que tu avais apportés ?
– Bon, dit Cacambo, ne m'en a-t-il pas fallu donner deux mil-
lions au señor don Fernando d'Ibaraa, y Figueora, y Mascarenes,
y Lampourdos, y Souza, gouverneur de Buenos Aires, pour avoir
35 la permission de reprendre mademoiselle Cunégonde ? Et un
pirate ne nous a-t-il pas bravement dépouillés de tout le reste ?
Ce pirate ne nous a-t-il pas menés au cap de Matapan, à Milo, à
Nicarie, à Samos, à Petra, aux Dardanelles, à Marmora, à Scutari[1] ?
Cunégonde et la vieille servent chez ce prince dont je vous ai
40 parlé, et moi je suis esclave du sultan détrôné. – Que d'épouvanta-
bles calamités enchaînées les unes aux autres ! dit Candide. Mais,
après tout, j'ai encore quelques diamants ; je délivrerai aisément
Cunégonde. C'est bien dommage qu'elle soit devenue si laide. »

Ensuite, se tournant vers Martin : « Qui pensez-vous, dit-il, qui
45 soit le plus à plaindre, de l'empereur Achmet, de l'empereur Ivan,
du roi Charles-Édouard, ou de moi ? – Je n'en sais rien, dit Martin ;
il faudrait que je fusse dans vos cœurs pour le savoir. – Ah ! dit
Candide, si Pangloss était ici, il le saurait et nous l'apprendrait. – Je
ne sais, dit Martin, avec quelles balances votre Pangloss aurait pu
50 peser les infortunes des hommes et apprécier leurs douleurs. Tout
ce que je présume, c'est qu'il y a des millions d'hommes sur la terre
cent fois plus à plaindre que le roi Charles-Édouard, l'empereur
Ivan et le sultan Achmet. – Cela pourrait bien être », dit Candide.

On arriva en peu de jours sur le canal de la mer Noire. Candide
55 commença par racheter Cacambo fort cher, et, sans perdre de
temps, il se jeta dans une galère, avec ses compagnons, pour aller
sur le rivage de la Propontide chercher Cunégonde, quelque laide
qu'elle pût être.

Il y avait dans la chiourme[2] deux forçats qui ramaient fort mal,
60 et à qui le levanti[3] patron appliquait de temps en temps quelques
coups de nerf de bœuf sur leurs épaules nues ; Candide, par un
mouvement naturel, les regarda plus attentivement que les autres
galériens et s'approcha d'eux avec pitié. Quelques traits de leurs

1. **Matapan [...] Scutari** : villes de Méditerranée orientale.

2. **La chiourme** : l'ensemble des forçats condamnés à ramer sur une galère.

3. **Le levanti** : originaire du Levant (Liban).

visages défigurés lui parurent avoir un peu de ressemblance avec
65 Pangloss et avec ce malheureux jésuite, ce baron, ce frère de Mlle
Cunégonde. Cette idée l'émut et l'attrista. Il les considéra encore
plus attentivement. « En vérité, dit-il à Cacambo, si je n'avais pas
vu pendre maître Pangloss, et si je n'avais pas eu le malheur de
tuer le baron, je croirais que ce sont eux qui rament dans cette
70 galère. »

Au nom du baron et de Pangloss les deux forçats poussèrent
un grand cri, s'arrêtèrent sur leur banc et laissèrent tomber leurs
rames. Le levanti patron accourait sur eux, et les coups de nerf de
bœuf redoublaient. « Arrêtez, arrêtez, Seigneur, s'écria Candide,
75 je vous donnerai tant d'argent que vous voudrez. – Quoi ! c'est
Candide ! disait l'un des forçats. – Quoi ! c'est Candide ! disait
l'autre. – Est-ce un songe ? dit Candide ; veillé-je ? suis-je dans
cette galère ? Est-ce là M. le baron que j'ai tué ? Est-ce là maître
Pangloss que j'ai vu pendre ?

80 – C'est nous-mêmes, c'est nous-mêmes, répondaient-ils. – Quoi !
c'est là ce grand philosophe ? disait Martin. – Eh ! Monsieur le
levanti patron, dit Candide, combien voulez-vous d'argent pour
la rançon de M. de Thunder-ten-tronckh, un des premiers barons
de l'Empire, et de M. Pangloss, le plus profond métaphysicien
85 d'Allemagne ? – Chien de chrétien, répondit le levanti patron,
puisque ses deux chiens de forçats chrétiens sont des barons et
des métaphysiciens, ce qui est sans doute une grande dignité dans
leurs pays, tu m'en donneras cinquante mille sequins. – Vous les
aurez, monsieur, ramenez-moi comme un éclair à Constantinople,
90 et vous serez payé sur-le-champ. Mais non, menez-moi chez Mlle
Cunégonde. » Le levanti patron, sur la première offre de Candide,
avait déjà tourné la proue vers la ville, et il faisait ramer plus vite
qu'un oiseau ne fend les airs.

Candide embrassa cent fois le baron et Pangloss. « Et comment
95 ne vous ai-je pas tué, mon cher baron ? et mon cher Pangloss,
comment êtes-vous en vie après avoir été pendu ? et pourquoi
êtes-vous tous deux aux galères en Turquie ? – Est-il bien vrai que
ma chère sœur soit dans ce pays ? disait le baron. – Oui, répondait
Cacambo. – Je revois donc mon cher Candide », s'écria Pangloss.
100 Candide leur présentait Martin et Cacambo. Ils s'embrassaient tous,
ils parlaient tous à la fois. La galère volait, ils étaient déjà dans le

port. On fit venir un Juif, à qui Candide vendit pour cinquante mille sequins un diamant de la valeur de cent mille, et qui lui jura par Abraham qu'il n'en pouvait donner davantage. Il paya inconti-
105 nent la rançon du baron et de Pangloss. Celui-ci se jeta aux pieds de son libérateur et les baigna de larmes ; l'autre le remercia par un signe de tête, et lui promit de lui rendre cet argent à la première occasion. « Mais est-il bien possible que ma sœur soit en Turquie ? disait-il. – Rien n'est si possible, reprit Cacambo, puisqu'elle écure
110 la vaisselle chez un prince de Transylvanie. » On fit aussitôt venir deux Juifs ; Candide vendit encore des diamants ; et ils repartirent tous dans une autre galère pour aller délivrer Cunégonde.

CHAPITRE 28
Ce qui arriva à Candide, à Cunégonde, à Pangloss, à Martin, etc.

« PARDON, encore une fois, dit Candide au baron ; pardon, mon Révérend Père, de vous avoir donné un grand coup d'épée au travers du corps. – N'en parlons plus, dit le baron ; je fus un peu trop vif, je l'avoue ; mais, puisque vous voulez savoir par quel hasard
5 vous m'avez vu aux galères, je vous dirai qu'après avoir été guéri de ma blessure par le frère apothicaire du collège, je fus attaqué et enlevé par un parti espagnol ; on me mit en prison à Buenos Aires dans le temps que ma sœur venait d'en partir. Je demandai à retourner à Rome auprès du père général. Je fus nommé pour aller
10 servir d'aumônier à Constantinople auprès de M. l'ambassadeur de France. Il n'y avait pas huit jours que j'étais entré en fonctions, quand je trouvai sur le soir un jeune icoglan[1] très bien fait. Il faisait

1. **Icoglan :** officier du palais du sultan.

fort chaud : le jeune homme voulut se baigner[1] ; je pris cette occa-
sion de me baigner aussi. Je ne savais pas que ce fût un crime capi-
15 tal pour un chrétien d'être trouvé tout nu avec un jeune musul-
man. Un cadi[2] me fit donner cent coups de bâton sous la plante
des pieds et me condamna aux galères. Je ne crois pas qu'on ait fait
une plus horrible injustice. Mais je voudrais bien savoir pourquoi
ma sœur est dans la cuisine d'un souverain de Transylvanie réfu-
20 gié chez les Turcs.

– Mais vous, mon cher Pangloss, dit Candide, comment se peut-
il que je vous revoie ? – Il est vrai, dit Pangloss, que vous m'avez
vu pendre ; je devais naturellement être brûlé ; mais vous vous
souvenez qu'il plut à verse lorsqu'on allait me cuire : l'orage fut si
25 violent qu'on désespéra d'allumer le feu ; je fus pendu, parce qu'on
ne put mieux faire : un chirurgien acheta mon corps, m'emporta
chez lui, et me disséqua. Il me fit d'abord une incision cruciale[3]
depuis le nombril jusqu'à la clavicule. On ne pouvait pas avoir été
plus mal pendu que je l'avais été. L'exécuteur des hautes œuvres[4]
30 de la sainte Inquisition, lequel était sous-diacre, brûlait à la vérité
les gens à merveille, mais il n'était pas accoutumé à pendre : la
corde était mouillée et glissa mal, elle fut nouée ; enfin je respirais
encore : l'incision cruciale me fit jeter un si grand cri que mon
chirurgien tomba à la renverse, et, croyant qu'il disséquait le dia-
35 ble[5], il s'enfuit en mourant de peur, et tomba encore sur l'escalier
en fuyant. Sa femme accourut au bruit, d'un cabinet voisin ; elle
me vit sur la table étendu avec mon incision cruciale : elle eut
encore plus de peur que son mari, s'enfuit et tomba sur lui. Quand
ils furent un peu revenus à eux, j'entendis la chirurgienne qui
40 disait au chirurgien : « Mon bon, de quoi vous avisez-vous aussi
de disséquer un hérétique ? Ne savez-vous pas que le diable est
toujours dans le corps de ces gens-là ? Je vais vite chercher un
prêtre pour l'exorciser. » Je frémis à ce propos, et je ramassai le peu

1. **Se baigner :** aller dans l'étuve (sorte de sauna).
2. **Cadi :** juge musulman.
3. **Incision cruciale :** incision en forme de croix.
4. **L'exécuteur des hautes œuvres :** le bourreau.
5. **Il disséquait le diable :** allusion au fait que le chirurgien croit s'occuper d'un hérétique.

de forces qui me restaient, pour crier : « Ayez pitié de moi ! » Enfin
45 le barbier[1] portugais s'enhardit ; il recousit ma peau ; sa femme
même eut soin de moi ; je fus sur pied au bout de quinze jours. Le
barbier me trouva une condition, et me fit laquais d'un chevalier
de Malte qui allait à Venise ; mais mon maître n'ayant pas de quoi
me payer, je me mis au service d'un marchand vénitien, et je le sui-
50 vis à Constantinople.

« Un jour il me prit fantaisie d'entrer dans une mosquée ; il n'y
avait qu'un vieil iman[2] et une jeune dévote très jolie qui disait ses
patenôtres ; sa gorge était toute découverte : elle avait entre ses
deux tétons un beau bouquet de tulipes, de roses, d'anémones, de
55 renoncules, d'hyacinthes et d'oreilles-d'ours ; elle laissa tomber son
bouquet ; je le ramassai, et je le lui remis avec un empressement
très respectueux. Je fus si longtemps à le lui remettre que l'iman
se mit en colère, et voyant que j'étais chrétien, il cria à l'aide. On
me mena chez le cadi, qui me fit donner cent coups de lattes sur
60 la plante des pieds et m'envoya aux galères. Je fus enchaîné préci-
sément dans la même galère et au même banc que M. le baron. Il
y avait dans cette galère quatre jeunes gens de Marseille, cinq prê-
tres napolitains, et deux moines de Corfou, qui nous dirent que de
pareilles aventures arrivaient tous les jours. M. le baron prétendait
65 qu'il avait essuyé une plus grande injustice que moi ; je prétendais,
moi, qu'il était beaucoup plus permis de remettre un bouquet sur
la gorge d'une femme que d'être tout nu avec un icoglan. Nous dis-
putions sans cesse, et nous recevions vingt coups de nerf de bœuf
par jour, lorsque l'enchaînement des événements de cet univers
70 vous a conduit dans notre galère, et que vous nous avez rachetés.

– Eh bien, mon cher Pangloss, lui dit Candide, quand vous
avez été pendu, disséqué, roué de coups, et que vous avez ramé
aux galères, avez-vous toujours pensé que tout allait le mieux du
monde ? – Je suis toujours de mon premier sentiment, répondit
75 Pangloss, car enfin je suis philosophe : il ne me convient pas de me
dédire, Leibniz ne pouvant pas avoir tort, et l'harmonie préétablie
étant d'ailleurs la plus belle chose du monde, aussi bien que le
plein et la matière subtile. »

1. **Barbier :** le barbier faisait à l'occasion un peu de chirurgie.
2. **Iman :** religieux musulman.

CHAPITRE 29
Comment Candide retrouva Cunégonde et la vieille

PENDANT que Candide, le baron, Pangloss, Martin et Cacambo contaient leurs aventures, qu'ils raisonnaient sur les événements contingents ou non contingents de cet univers, qu'ils disputaient sur les effets et les causes, sur le mal moral et sur le mal physique,
5 sur la liberté et la nécessité[1], sur les consolations que l'on peut éprouver lorsqu'on est aux galères en Turquie, ils abordèrent sur le rivage de la Propontide à la maison du prince de Transylvanie. Les premiers objets[2] qui se présentèrent furent Cunégonde et la vieille, qui étendaient des serviettes sur des ficelles pour les faire sécher.
10 Le baron pâlit à cette vue. Le tendre amant Candide, en voyant sa belle Cunégonde rembrunie, les yeux éraillés, la gorge sèche, les joues ridées, les bras rouges et écaillés[3], recula de trois pas saisi d'horreur, et avança ensuite par bon procédé[4]. Elle embrassa Candide et son frère ; on embrassa la vieille : Candide les racheta
15 toutes deux.
Il y avait une petite métairie[5] dans le voisinage : la vieille proposa à Candide de s'en accommoder, en attendant que toute la troupe eût une meilleure destinée. Cunégonde ne savait pas qu'elle était enlaidie, personne ne l'en avait avertie : elle fit souvenir Candide
20 de ses promesses avec un ton si absolu que le bon Candide n'osa pas la refuser. Il signifia donc au baron qu'il allait se marier avec sa sœur. « Je ne souffrirai jamais, dit le baron, une telle bassesse de sa part et une telle insolence de la vôtre ; cette infamie ne me sera

1. **Événements contingents [...] la liberté et la nécessité :** les événements contingents peuvent se produire ou non ; les événements non contingents doivent nécessairement se produire.
2. **Objets :** ce qui se présente à l'œil.
3. **Écaillés :** rougis.
4. **Par bon procédé :** par honnêteté.
5. **Métairie :** ferme de modeste dimension, d'ordinaire en location. Ici Candide en est le propriétaire.

jamais reprochée : les enfants de ma sœur ne pourraient entrer
25 dans les chapitres[1] d'Allemagne. Non, jamais ma sœur n'épousera
qu'un baron de l'Empire. » Cunégonde se jeta à ses pieds et les bai-
gna de larmes. Il fut inflexible. « Maître fou, lui dit Candide, je t'ai
réchappé des galères, j'ai payé ta rançon, j'ai payé celle de ta sœur ;
elle lavait ici des écuelles, elle est laide, j'ai la bonté d'en faire ma
30 femme, et tu prétends encore t'y opposer ! Je te retuerais si j'en
croyais ma colère. – Tu peux me tuer encore, dit le baron, mais tu
n'épouseras pas ma sœur de mon vivant. »

CHAPITRE 30
Conclusion

CANDIDE, dans le fond de son cœur, n'avait aucune envie d'épou-
ser Cunégonde. Mais l'impertinence extrême du baron le détermi-
nait à conclure le mariage et Cunégonde le pressait si vivement
qu'il ne pouvait s'en dédire. Il consulta Pangloss, Martin et le fidèle
5 Cacambo. Pangloss fit un beau mémoire[2] par lequel il prouvait
que le baron n'avait nul droit sur sa sœur, et qu'elle pouvait, selon
toutes les lois de l'Empire, épouser Candide de la main gauche[3].
Martin conclut à jeter le baron dans la mer. Cacambo décida qu'il
fallait le rendre au levanti patron et le remettre aux galères ; après
10 quoi on l'enverrait à Rome au père général par le premier vaisseau.
L'avis fut trouvé fort bon ; la vieille l'approuva ; on n'en dit rien à sa
sœur ; la chose fut exécutée pour quelque argent, et on eut le plai-
sir d'attraper un jésuite et de punir l'orgueil d'un baron allemand.

1. **Chapitres :** assemblées de dignitaires.
2. **Mémoire :** exposé argumentatif.
3. **Épouser [...] de la main gauche :** mariage où les titres et les biens ne sont pas
engagés.

Il était tout naturel d'imaginer qu'après tant de désastres,
15 Candide, marié avec sa maîtresse et vivant avec le philosophe
Pangloss, le philosophe Martin, le prudent Cacambo et la vieille,
ayant d'ailleurs rapporté tant de diamants de la patrie des anciens
Incas, mènerait la vie du monde la plus agréable ; mais il fut tant
friponné par les Juifs qu'il ne lui resta plus rien que sa petite métai-
20 rie ; sa femme, devenant tous les jours plus laide, devint acariâtre
et insupportable ; la vieille était infirme et fut encore de plus mau-
vaise humeur que Cunégonde. Cacambo, qui travaillait au jardin,
et qui allait vendre des légumes à Constantinople, était excédé de
travail et maudissait sa destinée. Pangloss était au désespoir de ne
25 pas briller dans quelque université d'Allemagne. Pour Martin, il
était fermement persuadé qu'on est également mal partout ; il pre-
nait les choses en patience. Candide, Martin et Pangloss disputaient
quelquefois de métaphysique et de morale. On voyait souvent pas-
ser sous les fenêtres de la métairie des bateaux chargés d'effendis,
30 de bachas, de cadis[1], qu'on envoyait en exil à Lemnos, à Mitylène, à
Erzeroum[2]. On voyait venir d'autres cadis, d'autres bachas, d'autres
effendis, qui prenaient la place des expulsés et qui étaient expulsés
à leur tour. On voyait des têtes proprement empaillées qu'on allait
présenter à la Sublime-Porte[3]. Ces spectacles faisaient redoubler les
35 dissertations ; et quand on ne disputait pas, l'ennui était si excessif
que la vieille osa un jour leur dire : « Je voudrais savoir lequel est
le pire, ou d'être violée cent fois par des pirates nègres, d'avoir une
fesse coupée, de passer par les baguettes chez les Bulgares, d'être
fouetté et pendu dans un auto-da-fé, d'être disséqué, de ramer
40 en galère, d'éprouver enfin toutes les misères par lesquelles nous
avons tous passé, ou bien de rester ici à ne rien faire ? – C'est une
grande question », dit Candide.
Ce discours fit naître de nouvelles réflexions, et Martin surtout
conclut que l'homme était né pour vivre dans les convulsions de
45 l'inquiétude, ou dans la léthargie de l'ennui. Candide n'en conve-
nait pas, mais il n'assurait rien. Pangloss avouait qu'il avait tou-

1. **Effendis, bachas, cadis** : titres importants chez les Ottomans.
2. **À Lemnos, à Mitylène, à Erzeroum** : Lemnos et Mitylène sont des îles aujourd'hui
grecques ; Erzeroum, une ville turque.
3. **La Sublime Porte** : autre nom de l'Empire ottoman.

jours horriblement souffert ; mais ayant soutenu une fois que tout allait à merveille, il le soutenait toujours, et n'en croyait rien.

50 Une chose acheva de confirmer Martin dans ses détestables principes, de faire hésiter plus que jamais Candide, et d'embarrasser Pangloss. C'est qu'ils virent un jour aborder dans leur métairie Paquette et le frère Giroflée, qui étaient dans la plus extrême misère ; ils avaient bien vite mangé leurs trois mille piastres, s'étaient quittés, s'étaient raccommodés, s'étaient brouillés, avaient été mis en pri-
55 son, s'étaient enfuis, et enfin frère Giroflée s'était fait Turc. Paquette continuait son métier partout, et n'y gagnait plus rien. « Je l'avais bien prévu, dit Martin à Candide, que vos présents seraient bientôt dissipés et ne les rendraient que plus misérables. Vous avez regorgé de millions de piastres, vous et Cacambo, et vous n'êtes pas plus heureux
60 que frère Giroflée et Paquette. – Ah, ah ! dit Pangloss à Paquette, le ciel vous ramène donc ici parmi nous, ma pauvre enfant ! Savez-vous bien que vous m'avez coûté le bout du nez, un œil et une oreille ? Comme vous voilà faite ! Eh ! qu'est-ce que ce monde ! » Cette nouvelle aventure les engagea à philosopher plus que jamais.
65 Il y avait dans le voisinage un derviche[1] très fameux, qui passait pour le meilleur philosophe de la Turquie ; ils allèrent le consulter ; Pangloss porta la parole, et lui dit : « Maître, nous venons vous prier de nous dire pourquoi un aussi étrange animal que l'homme a été formé.
– De quoi te mêles-tu ? dit le derviche, est-ce là ton affaire ?
70 – Mais, mon Révérend Père, dit Candide, il y a horriblement de mal sur la terre. – Qu'importe, dit le derviche, qu'il y ait du mal ou du bien ? Quand Sa Hautesse[2] envoie un vaisseau en Égypte, s'embarrasse-t-elle si les souris qui sont dans le vaisseau sont à leur aise ou non ? – Que faut-il donc faire ? dit Pangloss. – Te taire, dit
75 le derviche. – Je me flattais, dit Pangloss, de raisonner un peu avec vous des effets et des causes, du meilleur des mondes possibles, de l'origine du mal, de la nature de l'âme et de l'harmonie préétablie. » Le derviche, à ces mots, leur ferma la porte au nez.

Pendant cette conversation, la nouvelle s'était répandue qu'on
80 venait d'étrangler à Constantinople deux visirs du banc et le

1. **Derviche** : religieux musulman, sorte d'équivalent pour Voltaire d'un moine appartenant à un ordre mendiant.
2. **Sa Hautesse** : titre du sultan.

muphti¹, et qu'on avait empalé plusieurs de leurs amis. Cette catas-
trophe faisait partout un grand bruit pendant quelques heures.
Pangloss, Candide et Martin, en retournant à la petite métairie,
rencontrèrent un bon vieillard qui prenait le frais à sa porte sous
85 un berceau d'orangers. Pangloss, qui était aussi curieux que raison-
neur, lui demanda comment se nommait le muphti qu'on venait
d'étrangler. « Je n'en sais rien, répondit le bonhomme, et je n'ai
jamais su le nom d'aucun muphti ni d'aucun vizir. J'ignore abso-
lument l'aventure dont vous me parlez ; je présume qu'en général
90 ceux qui se mêlent des affaires publiques périssent quelquefois
misérablement, et qu'ils le méritent ; mais je ne m'informe jamais
de ce qu'on fait à Constantinople ; je me contente d'y envoyer
vendre les fruits du jardin que je cultive. » Ayant dit ces mots, il
fit entrer les étrangers dans sa maison : ses deux filles et ses deux
95 fils leur présentèrent plusieurs sortes de sorbets² qu'ils faisaient
eux-mêmes, du kaïmac³ piqué d'écorces de cédrat confit, des
oranges, des citrons, des limons, des ananas, des pistaches, du café
de Moka⁴ qui n'était point mêlé avec le mauvais café de Batavia⁵
et des îles⁶. Après quoi les deux filles de ce bon musulman parfu-
100 mèrent les barbes de Candide, de Pangloss et de Martin.

« Vous devez avoir, dit Candide au Turc, une vaste et magnifique
terre ? – Je n'ai que vingt arpents⁷, répondit le Turc ; je les cultive
avec mes enfants ; le travail éloigne de nous trois grands maux :
l'ennui, le vice, et le besoin. »

105 Candide, en retournant dans sa métairie, fit de profondes
réflexions sur le discours du Turc. Il dit à Pangloss et à Martin :
« Ce bon vieillard me paraît s'être fait un sort bien préférable à
celui des six rois avec qui nous avons eu l'honneur de souper.
– Les grandeurs, dit Pangloss, sont fort dangereuses, selon le rap-

1. **Deux visirs du banc et le muphti :** les vizirs du banc siègent à la Cour suprême ;
 le muphti est un chef religieux.
2. **Sorbets :** semi-glace à base d'eau, de sucre et de fruits.
3. **Kaïmac :** crème, laitage proche du sorbet.
4. **Moka :** région de l'île Maurice, productrice de café.
5. **Batavia :** actuelle Jakarta, en Indonésie.
6. **Les îles :** les Antilles.
7. **Vingt arpents :** soit sept à huit hectares.

Candide ou l'Optimisme

110 port de tous les philosophes : car enfin Églon, roi des Moabites,
fut assassiné par Aod ; Absalon fut pendu par les cheveux et percé
de trois dards ; le roi Nadab, fils de Jéroboam, fut tué par Baaza ;
le roi Éla, par Zambri ; Ochosias, par Jéhu ; Athalia, par Joïada ; les
rois Joachim, Jéchonias, Sédécias[1], furent esclaves. Vous savez com-
115 ment périrent Crésus, Astyage, Darius, Denys de Syracuse, Pyrrhus,
Persée, Annibal, Jugurtha, Arioviste, César, Pompée, Néron, Othon,
Vitellius, Domitien[2], Richard II d'Angleterre, Édouard II, Henri
VI, Richard III, Marie Stuart, Charles I[er], les trois Henri de France,
l'empereur Henri IV[3] ? Vous savez... – Je sais aussi, dit Candide,
120 qu'il faut cultiver notre jardin. – Vous avez raison, dit Pangloss :
car, quand l'homme fut mis dans le jardin d'Éden, il y fut mis *ut
operaretur eum*[4], pour qu'il travaillât, ce qui prouve que l'homme
n'est pas né pour le repos. – Travaillons sans raisonner, dit Martin ;
c'est le seul moyen de rendre la vie supportable. »

125 Toute la petite société entra dans ce louable dessein ; chacun
se mit à exercer ses talents. La petite terre rapporta beaucoup.
Cunégonde était à la vérité bien laide ; mais elle devint une excel-
lente pâtissière ; Paquette broda ; la vieille eut soin du linge. Il n'y
eut pas jusqu'à frère Giroflée qui ne rendît service ; il fut un très
130 bon menuisier, et même devint honnête homme[5] ; et Pangloss disait
quelquefois à Candide : « Tous les événements sont enchaînés dans
le meilleur des mondes possibles ; car enfin, si vous n'aviez pas été
chassé d'un beau château à grands coups de pied dans le derrière
pour l'amour de Mlle Cunégonde, si vous n'aviez pas été mis à
135 l'Inquisition, si vous n'aviez pas couru l'Amérique à pied, si vous
n'aviez pas donné un bon coup d'épée au baron, si vous n'aviez pas
perdu tous vos moutons du bon pays d'Eldorado, vous ne mange-
riez pas ici des cédrats[6] confits et des pistaches. – Cela est bien dit,
répondit Candide, mais il faut cultiver notre jardin. »

1. **Églon [...] Sédécias :** noms de l'Ancien Testament.
2. **Crésus [...] Domitien :** noms de l'histoire antique.
3. **Richard II d'Angleterre [...] Henri IV :** noms de l'histoire moderne.
4. *Ut operatur eum :* « pour y travailler » ; citation extraite de la Genèse, II, 15.
5. **Honnête homme :** homme civil.
6. **Cédrats :** citrons utilisés en confiserie, fruits du cédratier.

POUR
APPROFONDIR

Clefs de lecture

Compréhension

Les titrages

1. Définir le sens du double titre de l'œuvre entière. Justifier cette pratique.

2. Préciser la formulation et la fonction du chapeau (ou chapô) qui accompagne la mention du chapitre.

Une structure à deux temps

3. Observer l'emploi des temps verbaux principaux. Déterminer les deux moments du chapitre qu'ils révèlent.

Analyse

Une satire sociale et philosophique

4. Dégager les différences de traitement entre les personnages (expression, fonction).

5. Analyser le discours de Pangloss : type de phrases, argumentation, registre.

6. Relever les éléments qui relèvent de la critique sociale (vocabulaire, détails…).

7. Dégager les premiers outils utilisés par Voltaire dans son projet satirique (figures de style, contenus, argumentation…).

Un chapitre-incipit

8. Analyser la parodie de contes de fées, inscrite dans la première partie du texte, en regard des éléments réalistes de la seconde partie.

9. Caractériser l'incipit de ce conte (marques de l'énonciation et du point de vue narratif, cadre spatio-temporel, temps verbaux, style…).

Pour approfondir

À retenir :

L'incipit (du latin « commencer ») annonce les choix formels retenus par l'auteur, relativement à l'énonciation, au genre et aux registres par exemple, met en place un protocole d'écriture et programme la suite narrative du texte. Parmi les incipit possibles, citons surtout : l'incipit dramatique (« in medias res ») plongeant le lecteur dans une histoire déjà engagée ; l'incipit statique décrivant les décors et les personnages avant d'engager l'action ; l'incipit progressif distribuant les informations « au compte-gouttes » au gré d'une action qui se développe.

L'horrible théâtre de la guerre

Chapitre 3

Compréhension

Une situation narrative et historique

1. Situer ce passage dans la suite de la narration. Observer la continuité entre ce texte et le précédent (temps, décor, atmosphère...).
2. Mettre en relation ce passage et l'histoire de l'Europe du moment.

Analyse

La victoire en chantant et en mourant

3. Dans le premier paragraphe, préciser la fonction que remplissent les instruments de musique et de guerre. Évaluer l'intérêt de leur rapprochement dans le récit.
4. Relever puis analyser les images les plus saisissantes de la guerre. Préciser leur registre et leur effet.
5. Évaluer la pertinence de l'expression « théâtre de la guerre » (l. 27) par une étude des effets de la guerre sur les militaires et les civils.

Une satire de la religion

6. Énoncer les principales critiques que Voltaire porte contre la religion. Analyser l'argumentation explicite et implicite de son récit.
7. Caractériser la révolte voltairienne via les discours rapportés.

Pour approfondir

121

Clefs de lecture

La dénonciation des scandales

8. Dégager le sens du mot « scandale » puis synthétiser les différents axes de la critique voltairienne. Comparer leur expression réciproque.

9. Dégager l'importance de l'héritage que Candide doit à Pangloss ainsi que du rôle du professeur dans cet épisode.

> **À retenir :**
>
> *L'implicite est une arme argumentative majeure de la satire. Il permet d'atteindre un but, de façon détournée, en paraissant en chercher un autre. Parmi les indices qui permettent une intervention voilée du narrateur, on compte l'emploi de certains modalisateurs (adverbes, conjonctions, ponctuation expressive...), le détournement du vocabulaire appréciatif et dépréciatif, expression de l'éloge et du blâme, le sous-entendu et l'allusion, la connotation et l'ironie.*

Et la terre tremble à Lisbonne

Chapitre 5

Compréhension

Un récit mouvementé

1. Résumer les étapes du conte précédant ce passage.

2. Déterminer les trois séquences de ce chapitre. Titrez-les.

3. Préciser l'identité et la fonction de chaque personnage.

4. Relier ce chapitre à l'actualité des années 1750.

Analyse

La critique de la « raison universelle »

5. Étudier le champ lexical de la philosophie : préciser ses leitmotivs.

6. « Car, s'il y a un volcan à Lisbonne, il ne pouvait être ailleurs. Car il est impossible que les choses ne soient pas où elles sont » : analyser les procédés argumentatifs utilisés puis préciser la raison de leur emploi et leurs effets sur le lecteur.

7. Définir la notion de « providentialisme » à partir du texte.

L'art du conteur

8. Analyser les rapports entre le récit et le dialogue : passage de l'un à l'autre, personnages impliqués, thématiques, temps verbaux.

9. Analyser l'intérêt du récit pour l'argumentation.

10. Dégager les articulations entre les passages comiques et dramatiques.

11. Analyser la progression dramatique du chapitre. Préciser le procédé de mise en attente du lecteur à la fin de l'épisode.

À retenir :

La progression dramatique est le résultat d'un agencement des faits, d'une orchestration rythmique, de choix variés d'écriture, d'une dynamique insufflée aux personnages principaux et secondaires. Elle peut être linéaire, progressive, hachée, suspendue. Résultat que le narrateur doit anticiper, elle dépend de l'intérêt que l'auteur veut que le lecteur prenne à la narration, à l'histoire proprement dite ainsi qu'à l'évolution de ses personnages.

Un bel auto-da-fé

Chapitre 6

Pour approfondir

Compréhension

Une situation dramatique

1. Préciser la situation spatio-temporelle du passage.

2. Déterminer la situation d'énonciation, en particulier le moment où se situe le narrateur par rapport aux faits qu'il rapporte : s'appuyer sur l'étude des temps verbaux (l. 1-7).

L'art de l'accroche

3. Expliquer qui sont les « sages » (l. 2)

4. Définir le « secret » : essence, causes de sa mise en œuvre, buts.

5. Justifier l'emploi du présent : « est » (l. 6).

Clefs de lecture

Analyse

L'ironie voltairienne

6. Énoncer les arguments satiriques de Voltaire (l. 8-25). Préciser sur qui et quoi sa critique s'exerce.

7. Analyser la participation de la description au comique (l. 12-14).

8. Analyser les différentes marques de la banalisation des événements par le narrateur et leurs effets sur le récit.

L'évolution d'un personnage

9. Analyser la passivité de Candide au travers des choix d'expression du narrateur.

10. Commenter les deux énumérations qui le concernent.

11. Dans les paroles rapportées (l. 26-34), préciser quels procédés d'expression juxtaposés permettent d'exprimer les doutes.

> **À retenir :**
> L'ironie, qui appartient au registre comique, permet d'exprimer ce que l'on pense ou que l'on veut faire comprendre, de façon détournée. Tenant de l'implicite, elle utilise l'antiphrase, les modalisateurs, les accumulations, les hyperboles... Dénonciatrice d'une situation intolérable en la rapportant comme si elle était banale, elle met les lecteurs/rieurs de son côté.

Pour approfondir

Les aventures de la vieille

Chapitre 11

Compréhension

Un personnage inattendu

1. Préciser la situation d'énonciation : comment ce récit est annoncé, ce que devient le narrateur principal.

2. Résumer ses différentes péripéties, en respectant la chronologie.
3. Relever les expressions renvoyant au corps dans cet épisode.

Analyse

La technique du récit emboîté
4. Analyser les effets de miroirs entre ce récit et les vies de Candide et Cunégonde.
5. Caractériser la valeur de ces répétitions sur le plan global.
6. Justifier le manque d'individualisation que Voltaire a voulu pour la narratrice en l'appelant « la vieille ».

La parodie du romanesque
7. Caractériser le style du discours (images, rythmes, sonorités, parallélismes...).
8. Analyser les éléments romanesques, réalistes et épiques, et leur détournement dans la parodie.
9. Caractériser les enjeux majeurs de cette parodie dans la critique globale de Voltaire.

Grivoiserie et registre comique
10. Commenter : « Mais ce n'est qu'une bagatelle » (l. 27), « C'est une chose admirable » (l. 32), « Cette cérémonie » (l. 41).
11. Analyser le mélange d'expressions recherchées et d'expressions grivoises et leur effet sur le lecteur.
12. Analyser l'effet de la dernière phrase du chapitre.

Pour approfondir

> **À retenir :**
>
> *La parodie est l'imitation burlesque d'un texte ou d'un genre connus. Elle se définit dans son écart avec sa référence (ici le roman romanesque du XVIIIᵉ siècle). Elle use de l'ironie, de l'implicite, de la caricature, de l'irruption soudaine d'un registre inattendu, des jeux de mots, de l'allusion, du détail qui dénote, etc. Elle vise des effets comiques et polémiques.*

L'utopie d'Eldorado

Chapitres 17 et 18

Compréhension

Poursuite et suspension de l'action

1. Distinguer les passages narratifs, descriptifs, argumentatifs par les temps des verbes, les formes de discours choisis, les procédés d'écriture, la ponctuation.

2. Évaluer l'importance de chaque catégorie dans les deux chapitres et son incidence rythmique.

Entre rêve oriental et préoccupations philosophiques

3. Dégager les éléments qui renvoient au conte merveilleux, de tradition orientale.

4. Dresser la liste des thèmes de discussion abordés dans ces pages.

Analyse

La description de l'utopie

5. Déterminer le point de vue organisateur et l'agencement de la description d'Eldorado.

6. Caractériser l'Eldorado : localisation, conditions matérielles et relations sociales, us et coutumes, organisation administrative et politique.

La fonction de l'utopie

7. Analyser la place de l'épisode dans la progression dramatique et argumentative de *Candide*.

8. Analyser les obstacles à l'accès de l'Eldorado et leur fonction dans le cours du récit et dans le système de pensée voltairien.

9. Discuter l'idée que l'Eldorado soit un « monde à l'envers ».

10. Discuter l'idée que l'utopie de l'Eldorado pourrait être soit l'exposé d'une société idéale appelée par Voltaire, soit sa satire.

> **À retenir :**
> *La description permet de représenter un cadre de vie par un vocabulaire concret (couleurs, formes, odeurs, matières...), par des verbes de perception, des présentatifs, des verbes d'état, le recours à une syntaxe descriptive (proposition relative, compléments circonstanciels...), des indices spatiaux, des figures de style (métaphore, comparaison...). Objective ou subjective, elle dépend du point de vue retenu par le narrateur.*

Être esclave au Surinam

Chapitre 19

Compréhension

Du bonheur à l'horreur

1. Résumer les épisodes précédents et rappeler la situation de Candide et Cacambo.
2. Relever les termes qui font passer les protagonistes du bonheur à l'inconfort.
3. Distinguer les deux moments de cet extrait en les justifiant.

Candide et le Code noir (mars 1685)

4. Mettre en parallèle le sort du Noir et les articles du *Code noir* : « Les maîtres seront tenus de fournir à chaque esclave, par chacun an, deux habits de toile ou quatre aunes de toile, au gré des dits maîtres » (art. 25) ; « L'esclave fugitif qui aura été en fuite pendant un mois [...] aura les oreilles coupées et sera marqué d'une fleur de lis sur une épaule. Et s'il récidive une autre fois [...], aura le jarret coupé et il sera marqué d'une fleur de lis sur l'autre épaule. Et la troisième fois il sera puni de mort » (art. 38).

Pour approfondir

Analyse

L'image de l'esclave noir

5. Dégager les procédés d'expression soulignant la résignation de l'esclave et son fatalisme, face à la dureté des Blancs.

6. Caractériser le niveau de langage et la qualité de l'enchaînement argumentatif dans la réponse du Noir.

L'engagement de Voltaire philosophe

7. Analyser la manifestation de l'ironie dans les paroles du « nègre » (l. 24-43), déterminer ses cibles et les effets visés sur le lecteur.

8. Dégager les deux leçons que Candide tire de la rencontre.

À retenir :

Le discours argumentatif vise à exprimer ou défendre une opinion, à convaincre, à séduire par des arguments logiques. Souvent abstrait, volontiers didactique, il développe des idées et énonce des principes. Ici, l'argumentation théorique s'éclipse devant l'exemple vivant du Noir, esclave martyrisé, ce qui évite de grands développements au profit d'un témoignage direct sur le vécu, principe d'écriture privilégié dans Candide *par Voltaire.*

Pour approfondir

Pococuranté, riche et blasé

Chapitre 25

Compréhension

Un nouveau personnage

1. Donner le sens du mot tiré de l'italien « Pococuranté ».

2. Relever les éléments essentiels du cadre de vie de « Pococuranté ».

3. Dresser un portrait du personnage à partir des indices du texte.

Les arts en question

4. Préciser à quelles époques appartiennent les artistes cités.

Analyse

Portrait d'un blasé

5. Analyser les oppositions majeures de ce chapitre. Déterminer leur domaine et leur fonction.

6. Dégager les procédés par lesquels le sénateur exprime son dénigrement de tout dans ses propos (l. 10-44).

7. Discuter : « Les sots admirent tout dans un auteur estimé » (l. 81) et « Il y a du plaisir à n'avoir pas de plaisir » (l. 154).

La culture en question

8. Déterminer les différents arts visés par Pococuranté : que leur reproche-t-il ? Lesquels oublie-t-il ?

9. Au travers de ses dénigrements, dégager ce qui intéresserait Pococuranté.

La fonction du personnage et de la visite

10. Interpréter la fonction du personnage, face à l'espoir de Candide et au pessimisme de Martin.

11. Comparer cet épisode et les chapitres consacrés à l'Eldorado.

12. Dégager les leçons qu'en tirent Candide et Martin.

Pour approfondir

À retenir :

Un portrait est une description appliquée à un personnage. Il reprend toute la technique de la description d'un cadre de vie. On sera plus particulièrement sensible à déterminer si le personnage est présenté isolé ou en groupe, immobile ou en mouvement. Le narrateur peut s'intéresser à son caractère, son physique, ses aptitudes ou ses goûts. Un portrait peut être physique, moral, social, mixte, en situation ou hors situation.

« Jardin », le dernier mot du conte

Chapitre 30

Compréhension

▌ Des retrouvailles décevantes

1. Expliquer la première phrase du chapitre.
2. Expliquer en quoi les sombres présent et avenir de la petite communauté donneraient raison à Martin.

▌ Un dénouement en trois mouvements

3. Dégager les trois parties de ce chapitre final.
4. Retracer le trajet effectué par chaque personnage : lesquels ont changé ; lesquels sont restés les mêmes ?

Analyse

▌ Ouvrir les yeux

5. Analyser le champ lexical de la déchéance dans la première partie.
6. Interpréter la répétition de « on voyait » (l. 28-34).
7. Caractériser le comportement, le langage du derviche (l. 69-77) et du bon vieillard (l. 87-104) et déterminer leur fonction narrative et argumentative.

▌ La morale du conte

8. Préciser les principes simples sur lesquels Candide, Pangloss et Martin finissent par s'accorder. Relever les mots clés.
9. Discuter : « Travaillons sans raisonner » et déterminer ses conséquences sur l'attitude du philosophe et de l'être humain.
10. Justifier le fait que Candide a le dernier mot du conte.

> **À retenir :**
>
> *Le dénouement du roman ou du conte doit apporter la solution finale retenue par les protagonistes, faire part de leur choix après un long parcours initiatique. Ici, le dénouement laisse la porte ouverte à des interprétations opposées, selon que l'on pense que le jardin est un enfermement sur soi, loin du monde, ou un espace de liberté pour agir sur le monde, en toute quiétude. Il constitue en tout cas un terme au voyage de Candide et à sa quête de l'impossible, lui ouvrant les perspectives du possible.*

Pour approfondir

Genre, action, personnages

Genres et registres

Un philosophe tenté par le conte

Voltaire n'était pas programmé pour écrire des contes. Personne ne l'attendait sur ce genre-là ; lui-même ne désira pas, lorsqu'il en écrivit, faire tant de publicité sur son implication dans un genre mineur si peu valorisé, au point qu'il hésitait d'ailleurs à le nommer : ici, il parle de « petit roman » ; là, d'une « plaisanterie ». Et, lorsqu'on lui présente l'ouvrage anonyme : « J'ai enfin lu Candide ; il faut avoir perdu le sens pour m'attribuer cette coïonnerie ; j'ai, Dieu merci, de meilleures occupations », confie-t-il dans sa *Correspondance* (mars 1759).

Classique dans ses goûts, rien ne pouvait équivaloir à ses yeux les grands genres de la tragédie et de l'épopée. Certes, à 45 ans, il avait commis le *Voyage du baron de Gangan*, un premier pas dans l'univers du conte, qu'il remodela en 1752 puis publia sous le titre de *Micromégas*. Entre-temps, en 1748, il y avait eu *Zadig*, puis, en 1753, *Scarmentado*, l'histoire d'un homme « instruit par l'expérience », un ancêtre inabouti de Candide (voir p. 144).

En fait, Voltaire flirte avec le conte, mais il continue à lui préférer les genres plus nobles, plus établis. C'est un auteur à succès, le grand poète tragique et épique du XVIIIᵉ siècle, le philosophe qui éclaire les Grands de ce monde, qui doit donner à son public ce qu'il attend de lui. Et puis, soudain, *Candide* paraît au seuil de 1759, avec une force et une vigueur inattendues. C'est un brûlot, bien différent des contes moraux connus jusque-là.

Le « bourgeois gentilhomme » qu'est Voltaire abdiquerait-il son métier de philosophe pour endosser l'habit du conteur ? La réponse n'est pas simple. Les choix de Voltaire sont souvent contradictoires, surtout si l'on gomme la perspective du temps qui passe. Optimiste dans *Le Mondain* (1736), où la société est une référence de bon goût et de bonheur par sa liberté, son libertinage, sa sagesse élégante ; pessimiste avec *Candide* (1759), où tout rapport avec la société mène à l'échec, au rejet, au sordide, à l'intolérable, à « l'infâme »,

Genre, action, personnages

Voltaire déroute car il assume son évolution même au prix d'une contradiction : c'est un homme libre qui publie ses choix. Avec le temps, il évolue, hanté par l'idée du jardin à la fois fermé et ouvert.

Le constat du philosophe est sans appel. La société subie nous abîme, dans les deux sens du terme ; elle nous blesse et nous fait perdre nos repères. Pétrone l'a dit : *« Si bene calculum ponas, ibi naufragium est »* (*Satiricon*, CXV). Chez Voltaire, la maxime devient : « Le monde est un grand naufrage, la devise des hommes est "sauve qui peut". »

Comme l'écrit l'académicien Émile Faguet *(Dix-Huitième Siècle)* : « Dans ses moments de pessimisme, (Voltaire) est le plus désespéré et le plus désespérant des pessimistes ; et si dans le *Poème sur le Tremblement de terre de Lisbonne*, il laisse une place encore, restreinte et précaire, à l'espoir [...], dans *Candide*, éclate et largement et longuement se déploie le pessimisme absolu, celui qui n'admet ni exception, ni espoir, ni plainte même et blasphème, forme encore, sans le vouloir, de la prière, et partant de l'espérance ; ni recours à l'avenir humain, ni recours à l'avenir céleste, ni recours à rien, sinon à une résignation muette, qui n'est pas que le désespoir, bien plus, qui est comme la lassitude du désespoir ».

D'où ce désir de jardin, ultime refuge de Candide contre le désespoir. D'où viendraient donc cette volte-face d'un philosophe mondain, d'un homme d'affaires libéral, cette crise de conscience d'un philosophe léger qui soudain touche du doigt l'âpreté du monde, et, surtout, décide de la dénoncer sous cette forme narrative et non plus seulement argumentative du conte philosophique ?

Le détournement d'une forme littéraire traditionnelle

Qu'est-ce donc que cet amalgame inusité jusque-là ? Qu'apporte la qualification « philosophique » à une forme déjà fort éprouvée et reconnue, le conte merveilleux ? Ce détour par le conte ne serait-il pas un détournement du conte par Voltaire ?

Le conte avant Voltaire

Le conte à son époque est en effet un genre mineur, dont les réso-
nances sont certes plus profondes qu'on a voulu le croire – la psy-
chanalyse s'est attachée à le démontrer –, mais dont le « public
cible », dirait-on aujourd'hui, est « les enfants ».

C'est un espace narratif, plus ample que la fable popularisée par
La Fontaine, et qui répond à une organisation et à un projet définis.
Qu'il soit de Charles Perrault (1628-1703) ou de Mme d'Aulnoy
(1650-1705), il transpose dans et par l'écriture des récits oraux que
les générations se sont transmis au coin du feu. Merveilleux, il fait
intervenir des personnages extraordinaires, dotés de pouvoirs magi-
ques, de connaissances héritées de la sagesse des nations, qui, tel
le « deus ex machina » de la comédie ou de la farce, arrivent à point
nommé pour faire triompher la justice et rétablir un ordre social, un
temps perturbé.

Sa visée est en effet celle de l'apologue en général, de la fable où
la morale tient une place de choix, servie par une structure bien
cadrée : un héros, à partir d'une situation initiale déterminée, ren-
contre de nombreux obstacles, s'affronte à des situations complexes
et douloureuses, avant de trouver une issue, conforme à une morale
sociale ou privée prédominante. Il rappelle à chacun les fondements
de sa communauté, et, par-delà, de son pays, dans un style simple
et élégant, proche de la conversation familière.

Rassurant, le conte traditionnel n'innove pas, mais réaffirme, sous une
métaphore accessible à tous et par la reprise de récits courts connus
de tous, que les bons triomphent des méchants, que toute action
juste concourt à fonder ou « ré-ancrer » une morale et un ordre sur les-
quels la société se fonde : valeurs, normes, interdits, hiérarchie…

À cet héritage fort de l'apologue traditionnel se greffe la vogue
orientaliste. La publication par Antoine Galland en 1704 de la
traduction des *Mille et Une Nuits* entérine définitivement le goût
pour l'Orient, tel que décrit dans les récits de voyages de Chardin,
Tavernier ou Thévenot (voir Les influences, p. 150).

Pour approfondir

Genre, action, personnages

Si Voltaire est perméable à ces influences structurelles et idéologiques – Candide après de multiples épreuves finira sa vie avec sa troupe chez les Ottomans –, son projet ne s'inscrit pas dans la seule continuité du conte traditionnel, mais dans des directions plurielles et complexes.

Une invention audacieuse : le conte voltairien

Voltaire, en effet, n'aurait pas pu être un nouveau Perrault. Son propos n'est pas de faire rêver à coup de personnages fantastiques dotés de pouvoirs surhumains, ni de réaffirmer les fondements moraux d'une culture et d'une civilisation, mais de faire réfléchir par la critique de l'existant. Voltaire est philosophe et non conteur de métier. Sa philosophie est celle de la terre, du retour à la réalité, du travail sur le réel et sur l'humain, loin des débats métaphysiques qui engluent ses contemporains car ils n'apportent rien qu'un supplément de discours, alors que les guerres accablent les peuples, que les forts étouffent les faibles, que les hommes de Dieu renient l'altérité et la tolérance au nom de la morale et de la religion. Rien de « merveilleux », donc, dans le projet voltairien.

Pour exprimer des vérités aussi pragmatiques, pour ouvrir des yeux attachés à leur aveuglement, pour faire entendre une voix philosophique à d'autres qu'aux philosophes de métier et de chicane, il lui faut trouver une nouvelle forme littéraire, une arme argumentative qui le démarque des autres et qui lui permette de communiquer au plus grand nombre sous une apparence anodine : la création du conte philosophique à la française – sous son aspect désuet, sous ses couleurs d'utopies américaines ou orientales – répond à son besoin et remplit ses attentes. Il y réconcilie philosophie et fiction, spéculation et vulgarisation, récit satirique et apologue moralisant. Le conte philosophique naît de cette audace. Et de sa réussite.

Les secrets de fabrication

C'est en effet dans ce genre dont il invente en partie les cadres que l'esprit de Voltaire prend son envol. À la rencontre d'un plus large public attiré par le plaisir de la narration plus que par des débats

d'idées, le philosophe conteur s'y révèle enfin puissant novateur, artiste fécond. Ayant dépassé la soixantaine, il y instille toute son expérience, y allie sa facilité d'écriture, sa connaissance approfondie et sans complaisance du monde à sa réflexion philosophique antérieure, y préludant par l'exemple ses combats politiques à venir.

Les atouts argumentatifs de l'apologue

Voltaire emprunte beaucoup à l'apologue. Ce genre argumentatif serait, d'après *Le Petit Larousse*, « un court récit en prose ou en vers, souvent présenté sous forme allégorique et comportant un enseignement ou une morale ». Dans l'*Encyclopédie* de Diderot et d'Alembert (XVIII^e siècle), il se définirait plutôt comme une « fable morale, ou espèce de fiction, dont le but est de corriger les mœurs des hommes ». L'apologue se fonde ainsi sur une stratégie argumentative destinée à propager des idées. Sa dimension didactique y est clairement affichée, ainsi que sa finalité morale. Toutes deux reposent sur un récit vif et court, un recours fréquent à l'exemple voire à la parabole.

Irrespectueux du genre et désireux de défendre ses principes et ses enjeux philosophiques, Voltaire y ajoutera la parodie : le début de *Candide* s'inscrit dans le détournement satirique des premiers textes de la Genèse, du Paradis terrestre dans lequel évoluent Adam et Ève avant l'expulsion, cependant que la fin du conte se situe dans un nouveau lieu fermé, la métairie, « paradis » à hauteur d'hommes et non plus de Dieu, lieu d'ennui ou de travail.

Détournant les outils du genre, Voltaire en conserve cependant la visée didactique, aboutissant à une maxime, parole ultime (« il faut cultiver son jardin »), dont tout le conte est la démonstration. Le cas particulier que constitue la vie d'un inconnu, Candide, s'érige *in fine* en exemple d'où naît une vérité générale offerte par l'auteur à la réflexion de ses lecteurs. Ce qu'il fallait démonter se dévoile dans le dernier chapitre, un peu comme le projet de Proust ne se lit et ne se comprend que dans les dernières lignes du *Temps retrouvé*. Le récit devient exemplaire et se révèle dans sa pédagogie inductive.

Pour approfondir

Genre, action, personnages

Les ressources dynamiques du discours narratif voire du roman

Du discours narratif, Voltaire retient aussi, outre les visées informatives, tout l'intérêt dramatique d'une histoire suivie où le lecteur s'attache aux héros qui lui sont présentés, qu'il accompagne dans leurs actions. Voltaire les décrit à grands traits, met l'accent sur des caractéristiques qui les individualisent ou les font entrer aisément dans des types identifiés (l'opposition Pangloss / Martin par exemple), associe étroitement narration et description afin de créer des effets d'annonce, de surprise ou de suspense, joue sur la chute de chaque chapitre, relançant l'intérêt éventuellement défaillant du lecteur.

Empruntant à la mode des romans des XVIIᵉ et XVIIIᵉ siècles, il n'hésite pas à jouer sur le rythme de l'action principale en l'accélérant par des ellipses temporelles importantes (le passage entre l'Europe et l'Amérique du Sud par exemple), ou en la ralentissant par des récits intercalaires (les deux récits de Cunégonde et de la vieille) qui doublonnent parfois le récit principal sans toutefois le polluer. Il y réaffirme ainsi la portée pédagogique et politique de son projet philosophique par la répétition de sa thèse principale sous le couvert d'aventures extravagantes renouvelées. Il s'appuie enfin sur un type romanesque naissant : le roman d'apprentissage et d'éducation, initié, entre autres, par Fénelon dans *Les Aventures de Télémaque, fils d'Ulysse* (1699), et par Marivaux dans *La Vie de Marianne* (1728-1742), lequel fera florès au XIXᵉ siècle.

Le mélange des registres et l'ironie voltairienne

Devant une œuvre si composite – conte et roman en même temps –, Voltaire s'autorise l'utilisation de tous les registres. Le lyrisme d'abord qui ouvre les premières pages : « Cunégonde laissa tomber son mouchoir, Candide le ramassa, elle lui prit innocemment la main, le jeune homme baisa innocemment la main de la jeune demoiselle avec une vivacité, une sensibilité, une grâce toute particulière ; leurs bouches se rencontrèrent, leurs yeux s'enflammèrent, leurs genoux tremblèrent, leurs mains s'égarèrent » (chapitre 1). Très vite, les pages suivantes se chargent de détails où le réalisme

le plus cru le dispute au pathétique : « Ici des vieillards criblés de coups regardaient mourir leurs femmes égorgées, qui tenaient leurs enfants à leurs mamelles sanglantes ; là des filles éventrées après avoir assouvi les besoins naturels de quelques héros rendaient les derniers soupirs ; d'autres, à demi brûlées, criaient qu'on achevât de leur donner la mort. Des cervelles étaient répandues sur la terre à côté de bras et de jambes coupés » (chapitre 3). Il s'agit en effet de dénoncer la guerre et sa barbarie humaine, et de faire ressortir le tragique de la vie humaine.

L'œuvre voltairienne n'est cependant pas un tableau annonciateur des écorchés de Soutine. Elle courtise surtout un autre registre : le comique. Œuvre engagée, satirique, polémique, *Candide* trouve ses armes dans l'ironie de l'auteur qui, comme l'écrit Roland Barthes « est toujours la mise en évidence d'une disproportion ». Certes, cette ironie ne peut être confondue avec un humour doucereux. Son but est ici de dénoncer, souvent par l'absurde, une situation intolérable, un scandale au sens le plus fort du terme, en disant le contraire de ce qu'on pense, par divers procédés, comme celui de l'antiphrase : « Rien n'était si beau, si leste, si brillant, si bien ordonné que les deux armées [...] Les canons renversèrent d'abord à peu près six mille hommes de chaque côté ; ensuite la mousqueterie ôta du meilleur des mondes environ neuf à dix mille coquins qui en infectaient la surface » (chapitre 3). Voltaire ne s'en tient pas là : il met en branle tous les procédés comiques dans son projet critique : ponctuation, jeux de mots, allusion historique, prérequis de lecture, modalisateurs (évidemment, certes...) ainsi que toute une panoplie de figures de style (parodie, pastiche, fausse naïveté, accumulations, parallélismes, hyperboles, etc.). La banalisation de la situation participe de sa dénonciation ironique, ainsi que les multiples gauloiseries qui parsèment son œuvre. Par l'ironie, Voltaire expose sa vision du monde, en dénonçant la victime mais aussi en anticipant la réaction de son lecteur sur lequel il compte pour que ses flèches portent dans le monde réel.

Pour approfondir

Actions et personnages

Une action fantaisiste et complexe, mariage du divertissement et de la pédagogie

On ne s'ennuie pas à la lecture de *Candide*. On n'en a pas le temps. Le lecteur est emporté dans un tourbillon d'aventures tragico-comiques qui lui fait faire un tour du monde en peu de pages. En effet, si l'on regarde de plus près, à la lumière d'un tableau, la structure de l'ouvrage, des lignes de force émergent.

Chapitres	Événements	Lieux	Thèmes dominants
Ch. 1	Présentation des personnages ; expulsion de Candide du château-paradis.	Château de Thunder-ten-tronckh, en Westphalie	Le paradis, le jardin
Ch. 2	Candide recruté dans l'armée bulgare.	Valdberghoff-trarbk-dikdorff	La guerre
Ch. 3	Horreurs de la guerre ; désertion de Candide ; rencontre avec Jacques l'anabaptiste.	Hollande	La guerre
Ch. 4	Retrouvailles avec Pangloss ; annonce de la mise à sac du château et de la mort de Cunégonde.	Hollande	La guerre
Ch. 5	Embarquement pour le Portugal ; tempête où Jacques est noyé ; tremblement de terre ; arrestations par l'Inquisition de Candide et Pangloss.	Portugal : Lisbonne	Le fanatisme, la religion
Ch. 6	Auto-da-fé ; pendaison de Pangloss ; Candide flagellé.	Lisbonne	Le fanatisme, la religion
Ch. 7	Candide soigné par la vieille, retrouvailles de Candide et de Cunégonde.	Maison de Cunégonde, chez don Issacar et le Grand Inquisiteur	
Ch. 8	Histoire de Cunégonde.	Maison de Cunégonde	La destinée, l'esclavage
Ch. 9	Meurtres d'Issacar et du Grand Inquisiteur par Candide ; fuite des trois personnages.	Maison de Cunégonde ; arrivée à Avacéna (Espagne)	
Ch. 10	Poursuite du voyage et arrivée au port de Cadix ; embarquement pour l'Amérique du Sud.	Lucena, Chillas, Lebrixa, Cadix	

Chapitres	Événements	Lieux	Thèmes dominants
Ch. 11-12	Histoire de la vieille.	À bord du bateau	La destinée, l'esclavage
Ch. 13	Arrivée à Buenos Aires ; visite chez le gouverneur qui tombe amoureux de Cunégonde ; fuite de Candide.	Buenos Aires	L'abus de pouvoir
Ch. 14	Candide et Cacambo chez les Jésuites du Paraguay où ils retrouvent le frère de Cunégonde.	Dans les Missions jésuites du Paraguay	
Ch. 15	Candide tue le frère de Cunégonde.		
Ch. 16	Fuite vers le nord ; mise à mort de deux singes poursuivant deux filles, rencontre avec les Oreillons.	Au pays des Oreillons	La morale, l'intolérance
Ch. 17	Arrivée de Candide et de Cacambo en Eldorado.	Le pays d'El Dorado	L'utopie, le jardin
Ch. 18	Découverte de ses us et coutumes. Départ avec de grandes richesses.	Le pays d'El Dorado	L'utopie, le jardin
Ch. 19	En route vers la Guyane, rencontre avec le « nègre » ; marché de dupes avec un patron de bateau et départ de Cacambo ; vaine plainte auprès du juge ; rencontre avec le malheureux Martin.	Surinam	L'esclavage
Ch. 20	Traversée de l'Atlantique ; naufrage du patron véreux.	Sur la mer	
Ch. 21	Arrivée sur les côtes françaises.		
Ch. 22	Passage à Bordeaux, départ pour Paris ; maladie de Candide ; vie mondaine ; démêlés judiciaires ; décision de partir.	Bordeaux, Paris	
Ch. 23	Arrivée en Angleterre ; fusillade de l'amiral Byng ; en route vers Venise.	Portsmouth	L'abus de pouvoir
Ch. 24	À Venise, retrouvailles avec Paquette et Giroflée.	Venise	
Ch. 25	Entrevue avec le sénateur désabusé Pococuranté.	Palais près de Venise	Le pouvoir, la satiété
Ch. 26	Cacambo retrouvé ; souper avec six rois déchus.	Venise	Le pouvoir, la satiété
Ch. 27	Départ pour Constantinople de Candide. À bord de la galère, retrouvailles avec Pangloss et le frère de Cunégonde.	En Méditerranée, puis sur le « canal de la mer Noire ».	

Pour approfondir

Genre, action, personnages

Chapitres	Événements	Lieux	Thèmes dominants
Ch. 28	Récit du frère de Cunégonde et de Pangloss.	Sur la galère	La destinée, l'esclavage
Ch. 29	Retrouvailles de Candide et de Cunégonde, accompagnée de la vieille ; rachat des esclaves.	Chez le prince de Transylvanie, dans la Propontide.	La destinée, l'esclavage
Ch. 30	Mariage de Candide avec Cunégonde dont le frère est renvoyé à Rome ; rencontre avec le derviche ; achat d'une métairie.	En Asie Mineure près de Constantinople.	Le jardin

On se rend compte en effet que tout commence par une image du paradis (chapitre 1), lieu d'où est exclu le héros et qui d'ailleurs sera bientôt détruit par la guerre. On retrouve l'image du paradis supposé dans les chapitres consacrés à l'utopie de l'El Dorado (chapitres 17 et 18). Le thème est enfin repris en clôture pour être détruit par l'expérience : s'il est si difficile de vivre dans le jardin, ne serait-ce pas simplement parce qu'il n'existe pas ? parce qu'il constitue une affabulation de plus destinée à détourner les gens des réalités ?

Il est en effet étonnant de constater que l'initiation du héros et du lecteur aboutit à une non-conclusion, à une interrogation à laquelle chacun est appelé à donner sa réponse dans l'urgence. En effet, les thématiques disséminées savamment dans l'ouvrage, entre autres, la guerre (chapitres 2 à 4), le fanatisme, la religion et l'intolérance (chapitres 5, 6, 16), l'esclavage (chapitres 8, 11, 12, 19, 28), tentent toutes à montrer que le monde dans lequel on vit est malade. Cette impression est renforcée par la vague parallèle et critique que constituent les récits intercalés développant la thématique de la destinée : ceux de Cunégonde, du jésuite et de Pangloss auxquels on pourrait joindre ceux de Jacques et de Martin. Elle se conforte enfin par le fait que la géographie voltairienne s'étend sur presque tout le monde connu, que la vérité ne viendra ni de l'Europe ni du Nouveau Monde ni de l'Orient, mais d'une réflexion sur soi, ce qui ajoute en crédibilité « universelle » à l'ensemble du propos.

▌ *Des personnages porte-voix de l'auteur*

Un système plus philosophique qu'actantiel

Le conte voltairien ne se résume donc pas à un schéma narratif décevant, à une analyse actantielle plaquée car évidente. Savoir que Candide apparaît dans presque tous les chapitres à l'exception des récits intercalés, qu'il s'oppose à des situations et à des gens, qu'il rencontre des êtres bienfaisants et qu'il chemine au travers de toutes ces embûches ou grâce aux mains tendues vers sa vérité n'apporte que peu de choses, sans doute parce que les personnages sont des outils pédagogiques avant tout. Sans doute aussi parce que *Candide* est un outil polémique qui utilise certaines conventions du conte traditionnel tout en les dépassant pour prouver par l'action narrée puis par l'expérience humaine que la vérité est simple, qu'elle doit être cherchée en soi, loin de toutes les illusions métaphysiques que menteurs et manipulateurs tentent d'infiltrer dans les consciences.

La critique a d'ailleurs souvent soulevé le problème de la psychologie des personnages chez Voltaire. En fait, le conteur philosophe poursuit un autre but que celui que vise le roman sentimental du XVIIIe siècle ou que visera le roman réaliste du XIXe siècle. À la suite de Locke et de ses voies empiriques (voir p. 15), ses personnages sont autant de destins exemplaires, de figures schématiques, de « silhouettes » posées dans l'histoire pour tirer l'homme de sa léthargie métaphysique, pour le mettre en face des illusions de la religion ou des autres fabriques humaines, écrans de fumée devant une réalité que l'on veut occulter. Chaque personnage raconte la même aventure singulière d'une conscience et du monde, toutes les aventures mises en parallèle conduisant à la même conclusion : le monde n'a pas de sens en lui-même.

Marionnette argumentative, le personnage n'en acquiert pas moins une sorte d'humanité à laquelle le lecteur finit par croire malgré l'énormité de l'invraisemblance... ou grâce à cette énormité. Candide est notre frère, car il nous ressemble profondément. Il ne

Pour approfondir

Genre, action, personnages

rivalise pas avec les détails de nos vies, mais il pointe directement dans l'essentiel de nos consciences et de nos expériences. D'où son intemporalité et son succès au travers du temps, d'où l'intérêt de son parcours initiatique imaginaire.

Quant aux personnages qui l'entourent, trente-cinq environ, beaucoup sont des symboles : le frère de Cunégonde et le gouverneur de Buenos Aires au nom gonflé renvoient à la morgue nobiliaire, Vanderdentur à la rapacité commerciale des pays du Nord, Pococuranté au nonchaloir d'une aristocratie décadente, la marquise de Parolignac et son petit abbé périgourdin aux parasites semi-mondains... Seuls cinq dépassent l'apparition fugitive : Cunégonde, la vieille, Pangloss, Cacambo et Martin. Si Cunégonde est l'image rajeunie de la vieille dont elle partage d'ailleurs le destin, laideur finale comprise, Pangloss, spécialiste du discours béat, a pour pendant Martin qui sait tout et qui a tout compris. Seul le « prudent » Cacambo reste quelque peu isolé : on ne peut dire que ce serviteur de Candide lui ressemble et qu'il représente sa destinée, comme on a pu le dire pour la vieille par rapport à Cunégonde. Il « travaille au jardin » et « maudit sa destinée », avant que le Turc et Martin ne donnent le fin mot de l'affaire, qui sera repris par Candide.

La place du narrateur

Pourquoi a-t-on tant de peine à justifier l'existence de tous ces personnages ? Sans doute parce que Voltaire est un faux romancier, mais un vrai philosophe. L'important pour lui est de diffuser ses idées. C'est pourquoi il est partout dans *Candide*. Certes, il semble s'en distancer par son récit à la troisième personne et avance à demi masqué. Mais qui ne le reconnaît sous les traits estompés du personnage-titre ? Il lui faut, pour toucher, paraître ne pas être là, ne pas innover. Il lui faut saisir son lecteur, lui faire croire qu'il entre dans un domaine fictif alors que, en fait, la fiction n'est que le paravent fragile du monde réel dans lequel les personnages s'agitent et où lui, lecteur et futur acteur de la vie civique, est invité à se reconnaître : « Les livres les plus utiles sont ceux dont les lecteurs font eux-

mêmes la moitié ; ils étendent les pensées dont on leur présente le germe ; ils corrigent ce qui leur semble défectueux, et fortifient par leurs réflexions ce qui leur paraît faible » (Préface de la cinquième édition du *Dictionnaire philosophique*, 1765).

Les dialogues de Candide et de Pangloss sont les dialogues de Voltaire avec lui-même, les deux faces d'un même auteur, tenté un temps par l'optimisme, rattrapé par le bon sens et le pragmatisme. C'est le trajet d'un esprit qui s'incarne dans ces deux personnages au travers des épreuves, qui se révèle enfin à lui-même au bout du doute essentiel : doute sur Dieu, sur le sens de la vie, sur l'importance relative de l'être humain, sur la valeur temporelle du sentiment amoureux, sur l'illusion – comique ici.

Car il faut bien le reconnaître : *Candide* est absurde ; les aventures des héros sont profondément illogiques. Mais Candide est profondément vrai tant il est absurde. C'est le comble du paradoxe voltairien de faire du vrai avec de l'incroyable, de faire entendre sa voix alors qu'il ne parle pas directement. Il est vrai que Voltaire adopte ouvertement, dans le droit fil de la tradition du conte, un point de vue narratif omniscient : « Candide, dans le fond de son cœur, n'avait nulle envie d'épouser Cunégonde » (chapitre 30) ; « Candide, plus ému encore de compassion que d'horreur... » (chapitre 4) ; sauf, bien sûr, lorsqu'il cède la parole à un personnage (les récits de Cunégonde et de la vieille). Il avance en outre sans masque ses commentaires dans le projet didactique qui est le sien : « [...] on aime tant à courir, à se faire valoir chez les siens, à faire parade de ce qu'on a vu dans ses voyages, que les deux heureux résolurent de ne plus l'être et de demander leur congé à Sa Majesté » (chapitre 18). Il se révèle par l'implicite : « [Pangloss] prouvait admirablement qu'il n'y a point d'effet sans cause » (chapitre 1) ; « les sages du pays n'avaient pas trouvé un moyen plus efficace pour prévenir une ruine totale que de donner au peuple un bel auto-da-fé » (chapitre 6).

Il inscrit enfin son texte dans sa réception même, engageant le lecteur, à l'issue de la démonstration, à cultiver son jardin, testament de Candide et de Voltaire mêlés dans les derniers mots du texte.

Pour approfondir

L'œuvre : origines et prolongements

Une fabrique née du dégoût

POURQUOI le grand épistolier qu'est Voltaire – on lui doit plus de dix mille lettres –, pourquoi le spécialiste du débat philosophique, le dramaturge à succès, le poète reconnu, se résout-il un jour à écrire *Candide*, un livre qui va au-delà de tout ce pour quoi le public de l'époque l'applaudit ?

DANS *Candide ou l'Optimisme*, René Pomeau est d'avis que « sans le spectacle de la guerre de Sept Ans, Voltaire n'eût pas écrit *Candide* tel que nous le lisons ». Il ajoute d'ailleurs que « patriote calomnié, il contribuerait pour sa part au carnage si les bureaux de la Guerre daignaient prendre au sérieux son projet de chars d'assaut ». Là est la grande controverse entre le Voltaire, homme d'affaires, et le Voltaire, philosophe engagé !

CELA étant dit, Voltaire le penseur – nous nous intéresserons surtout à lui – est bien informé, grâce aux relations qu'il a su nouer en Europe, au sommet des hiérarchies sociales. Sa grande amie, la duchesse de Saxe-Gotha, est aux premières lignes de la guerre, comme beaucoup de petits princes allemands. Son optimisme à la Leibniz ne laisse de l'étonner. Rien ne l'ébranle, même pas la mort de son propre fils dont elle se console, écrit Voltaire, « en criant "tout est bien" d'une voix lamentable ». Le style du futur *Candide* s'ébauche ainsi petit à petit, teinté de cette terrible ironie qui vante l'optimisme au milieu des pires catastrophes pour en dénoncer l'absurdité. Voltaire tient là aussi l'un de ses personnages : comme par hasard, Pangloss sera allemand, et philosophe leibnizien ; il vantera la beauté du monde au milieu des ruines fumantes de la guerre.

PEU à peu ainsi, se dessine *Candide*, préfacé par « *Babouc, Memnon, Scarmentado, Micromégas* et *Zadig* dont il faisait chaque jour quelques chapitres », selon son secrétaire particulier, Longchamp. Voltaire avait coutume d'écrire plusieurs ouvrages en même temps, passant d'une écritoire à l'autre.

Puis vient le temps de l'écriture, de la novation, du conte philoso-
phique sous sa forme aboutie. Et du courage de dire.

« La rage d'écrire »

Dans une lettre à Mme du Bocage, datée du 27 décembre 1758,
date à laquelle l'œuvre est presque publiée, il confie : « Quand on a
le sang un peu allumé, et qu'on est de loisir, on a la rage d'écrire. »
Et cette rage ne semble pas l'avoir abandonné durant toute la ges-
tation de l'œuvre. Le désastre de Lisbonne de 1755 l'a fortement
ébranlé dans ses certitudes. En outre, autour de lui, depuis 1756,
un autre fléau s'est installé : la guerre. On n'y respecte plus rien ni
personne ; son condisciple à Potsdam, l'abbé de Prades, a été fessé ;
il lui en avait cuit à lui aussi de s'être montré trop peu docile devant
le pouvoir temporel, celui des Rohan à une certaine époque. Et,
comme si cela ne suffisait pas, depuis 1757, la Vénérable Compagnie
des pasteurs genevois lui en veut pour l'article de D'Alembert qu'il a
inspiré sur Genève dans l'*Encyclopédie*.

C'est l'époque aussi où il complète son *Essai sur les mœurs* (1756)
par quelques enquêtes sur les us des anthropophages, sur les jésui-
tes du Paraguay et sur le Surinam. Autant de sujets qui ressurgiront,
diversement habillés dans *Candide*.

Candide *en chantier*

À n'en pas douter, l'œuvre est déjà très avancée à l'été 1758, lors-
que Voltaire séjourne dans le Palatinat, au château de Schwetzingen,
agréable château à la française, modèle du château westphalien de
Thunder-ten-tronckh. Son secrétaire Wagnière le note : « *Candide* fut
imprimé en 1759, composé en 1758. La première copie que j'en fis
fut en juillet 1758, à Schwetzingen, pour S.A.E. Monseigneur l'Élec-
teur Palatin ». Selon une autre source, le pasteur Formey, Voltaire y
« lisait les chapitres à ce prince à mesure qu'ils étaient faits ». Cela
dit, cette première rédaction s'est perdue. Il est probable cependant
que le passage de Voltaire en Allemagne ait laissé quelques traces
dans *Candide*. Ainsi de l'électeur palatin « très boucané, très grand,

très fort » qui ressemblerait beaucoup au baron, de son épouse
« très maquillée, excessivement condescendante », dans laquelle on
lirait quelques traits de l'occupante de Thunder-ten-tronckh, tous
deux très épris de leurs quartiers de noblesse.

Le manuscrit le plus ancien que l'on connaisse de *Candide*, annoté
de la main même de Voltaire, a été retrouvé en 1957. Fait notable,
il ne comporte pas l'épisode du nègre de Surinam. D'où l'hypothèse
des chercheurs selon laquelle il devait être postérieur à octobre
1758. En effet, c'est durant ce mois qu'Helvétius, dans *De l'esprit*,
fait scandale en mentionnant la traite innommable des Africains et
que Voltaire prend connaissance de son ouvrage, et en même temps
réalise son « oubli ». Le manuscrit livre encore quelques particula-
rités : il y existe deux chapitres XXII sur le séjour parisien. Voltaire
révèle par là la difficulté d'écrire sur Paris pour des Parisiens. D'où sa
pratique de la rédaction morcelée, de retouches et d'insertions.

Ce qui semble avéré, c'est que l'impression de l'ouvrage com-
mence en décembre 1758 chez les Cramer pour s'achever le 15 jan-
vier 1759. Un premier ballot de mille exemplaires est livré à Robin, le
correspondant parisien, le jour même, puis le lendemain au corres-
pondant d'Amsterdam, Marc-Michel Rey. Nous nous appuyons pour
ces détails sur les études fines de René Pomeau qui rapporte aussi
qu'une légende courut selon laquelle *Candide* aurait été écrit en trois
jours. « Non certes, il ne jaillit pas soudain d'une fulgurante impro-
visation, ce *Candide* ébauché en janvier, rédigé en juillet, achevé
en octobre, révisé en décembre. Œuvre de verve sans doute, mais
au cours de l'élaboration retouches et additions apparaissent, qui
décèlent une volonté d'art très consciente. »

L'héritage de Voltaire

Candide n'est donc pas né « tout habillé ». Voltaire, outre les influ-
ences philosophiques (voir p. 156), doit beaucoup à ses devanciers.
Comme le note Gustave Lanson, (*Voltaire*, 1906) : « *Télémaque* et
Gil Blas, *Angola* et le *Sopha*, *Les Mille et Une Nuits* et leurs analogues,
Hamilton et Duclos, les *Lettres persanes* et les apologues du

Spectateur, le *Conte du Tonneau* et les *Voyages de Gulliver* : toutes sortes de formes et d'éléments d'art s'amalgament et se concentrent dans les contes de Voltaire, qui sont d'un tour si personnel. [...] La forme favorite de Voltaire est celle du voyage combinée avec la biographie : il conte une vie, qu'il promène à travers le monde. Enlèvements, poursuites, reconnaissances, enchantements, géographies fabuleuses, nations de l'Asie, de l'Amérique et de l'Europe, fées, génies, animaux fantastiques, talismans, antiquité et temps modernes, revues de toutes les civilisations et de toutes les conditions, actualités et fantaisies, ton impertinent, persifleur, épigrammatique, égayé de bouffonneries et de gravelures, courts chapitres, titres piquants et qui réveillent : c'est un mélange unique et savoureux. »

Sans entrer dans le jeu de certaines influences qui intéresseraient seulement les spécialistes, il convient cependant de revenir sur quelques grands courants ou ouvrages, encore bien ancrés dans notre culture contemporaine, qui ont guidé Voltaire dans la création de son personnage et de sa mythologie.

Cyrano de Bergerac et l'imaginaire baroque

Il n'est pas loin en effet le temps de la liberté dans l'extravagance imaginative : le baroque, mouvement dont les productions s'étendent de 1580 à 1660 en Europe, s'il n'a pas eu en littérature l'aura qu'il a connue dans les arts de la peinture et de la sculpture, n'en reste pas moins un moment majeur et brillant de contrepoids face à la domination d'une littérature encadrée, celle des classiques. Art du mouvement, de l'éblouissement, de la surprise, de la métamorphose, mais aussi de l'émotion, du pathétique, il compte parmi les grands auteurs qui l'illustrent Cyrano de Bergerac (1619-1655). Fougueux Parisien à la vie agitée, élève du philosophe Gassendi, Cyrano marche sur les traces de l'Anglais Thomas More (*Utopie*, 1516) et s'intéresse, comme Voltaire plus tard, aussi bien aux sciences qu'à la philosophie. D'une liberté de pensée audacieuse, il dénonce, sous le couvert d'une ironie grinçante et décapante, les manipulations religieuses et politiques. On lui doit des romans phi-

losophiques, largement critiques, qui seront publiés après sa mort : *Histoire comique des États et Empires de la Lune* (1657) et *Histoire comique des États et Empires du Soleil* (1662). Anticonformiste, il y expose ses conceptions matérialistes de l'univers, mêlant réalisme et burlesque. Ce faisant, sous une naïveté feinte, il offre du monde et des humains un miroir peu flatteur ouvrant la voix aussi bien aux récits utopiques de Jonathan Swift (voir p. 152) qu'à la science-fiction, si appréciée aujourd'hui. Voltaire saura y puiser cet air innocent qui fonde son ironie si particulière, ainsi que le principe du voyage du personnage, confronté, dans des univers étrangers, à des coutumes qui remettent en cause ses propres schémas de pensée. Le roman d'initiation ou d'apprentissage n'est pas loin, si prisé à partir du XVIIIe siècle.

L'influence de divers genres romanesques

AVEC CETTE FORTE TRACE BAROQUE, il convient d'en rappeler d'autres qui font de *Candide* un roman ou un conte « arlequin ». Il s'agit essentiellement des romans picaresques, classiques et précieux et du roman d'initiation.

Le roman picaresque, éclos au XVIe siècle en Espagne, est sans nul doute une des sources d'inspiration pour le grand lecteur qu'est Voltaire. Dans ce type romanesque, un personnage du peuple développe des trésors d'énergie et d'ingéniosité pour survivre. Certes Candide n'est pas un de ces picaros rusés que l'on trouve dans *La Vie de Lazarillo de Tormes* en Espagne ou dans le *Gil Blas de Santillane* sous la plume du Français Lesage (1715-1735) : le picaro renvoie plutôt à l'image de notre Scapin moliéresque. Cependant, Voltaire a puisé dans cette veine, outre une structure dans laquelle le suspense se transmet de chapitre en chapitre, par un art consommé de la surprise, le principe du voyageur impliqué dans des situations qu'il n'a pas choisies, qui doit affronter l'adversité dans un monde qui n'est pas fait pour son confort. La différence majeure entre le conte voltairien et le roman picaresque tient au fait que le héros du roman picaresque rapporte sa propre histoire, alors que, dans *Candide*, c'est l'auteur qui raconte, infiltrant dans son récit toute son ironie.

Un autre différence tient au statut social du personnage principal qui, sans être noble, n'est cependant pas de la classe des valets dans *Candide*.

Le roman précieux à la manière de Mlle de Scudéry *(Clélie, Le Grand Cyrus)*, et plus largement **le roman classique**, représenté par Mme de La Fayette *(La Princesse de Clèves)* ont aussi apporté leur tribut à l'œuvre de Voltaire. Certes ils ne lui ont pas légué le goût du psychologique, les personnages voltairiens étant plus des regards posés sur le monde que des prétextes à l'introspection des mécanismes humains les plus secrets. C'est plutôt dans la technique qu'il convient de saluer leur empreinte. En effet, ils interrompent volontiers le récit principal par des récits emboîtés, tout comme *Candide* et en général le conte oriental. Litanique, le récit emboîté répète en effet sous le couvert de l'expérience d'un autre personnage la leçon globale du roman ou du conte. Au travers des vies de la vieille et de Cunégonde, il s'agit bien - pour Voltaire en tout cas – de démontrer par la répétition l'absurdité de l'optimisme.

Le roman d'initiation ou d'apprentissage ne saurait être oublié dans ce chapitre des influences. C'est aussi en effet une tentation de Voltaire que d'enseigner par *Candide*. Son style est volontiers didactique : un enseignement par l'exemple ou le contre-exemple, un enseignement qui mène de l'observation pratique, de l'expérience vers sa théorisation, ce qui, par la démonstration via l'absurde et l'antiphrase, fait mouche. Fénelon entre autres lui en montra la voie avec les *Aventures de Télémaque* (1699). Voltaire saura user du genre en le détournant dans cet amalgame qu'on appellera pour lui le « conte ». Au fond, qu'apprend Candide aux termes de ses pérégrinations : à regarder le monde tel qu'il se présente et non tel qu'on le rêverait, et à faire de son mieux. Morale sans doute piètre au regard des grands idéaux qui seront ceux des deux siècles futurs ; morale à hauteur d'hommes ayant refusé les systèmes préfabriqués et désiré voir par eux-mêmes la réalité du monde, quitte à y laisser leurs illusions. Quitte aussi à rester sur place après avoir tant voyagé.

Les récits des grands voyageurs

LE VOYAGE est en effet au cœur du projet voltairien. Il a une fonction didactique. Il s'inscrit dans le courant d'un temps où le monde extra-européen se découvre, où les espoirs de trouver quelque chose de mieux s'effritent, où l'Europe s'exporte avec sa culture, sa religion, ses tueries et ses préjugés.

C'EST en effet l'époque des grands voyageurs, des grands explorateurs, des missionnaires qui ramènent de leurs voyages des récits troublants. Politiquement d'ailleurs, la monarchie elle-même est touchée par l'étranger : la galerie des Glaces de Versailles résonne encore de la visite des ambassadeurs de Perse en 1715, puis, en janvier 1742, de l'ambassade turque. Peu à peu, l'idée que l'on puisse vivre et penser autrement fait son chemin : la première vague de mondialisation de la pensée est en marche. Les Jésuites du Paraguay, la légende fortement ancrée de l'El Dorado, complètent l'imagerie américaine qui, jusque-là, s'attachait surtout à exposer les conditions de vie en Amérique du Nord, enjeu certain entre les puissances anglaise et française. Par ailleurs Pietro della Valle (1586-1652), Jean-Baptiste Tavernier (1605-1689) et Jean Chardin (1643-1713) renversent, à leur retour d'Orient au XVIIe siècle, les croyances préfabriquées sur cette partie du monde. Ils ramènent des descriptions nuancées, parfois naïves, des usages sociaux et politiques du Moyen Orient jusqu'à la Perse, qui vont faire réfléchir les philosophes du XVIIIe siècle. Il est sûr que Montesquieu n'aurait pas développé les mêmes idées dans *De l'esprit des lois* et *Les Lettres persanes* s'il n'avait pas lu leurs récits, lesquels contiennent l'éloge de l'organisation politique et sociale de la Perse du Grand Shah Abbas Ier (1587-1629). Les voyages de Candide pour leur part sont un indice fort de la cartographie du monde au XVIIIe siècle, et il n'est pas sans signification que la troupe décide de finir ses jours hors de France, dans un lieu où, malgré la dureté du régime ottoman, nul ne songe à reprendre ses pérégrinations ou à finir ses jours dans son pays natal.

Le conte oriental : alliance de l'aventure et de la pensée

L'ORIENT exerce-t-il donc tant de fascination sur l'esprit de Voltaire ? À cette époque, l'Orient est délimité de deux façons : soit par la géographie, comme le remarquait déjà Pierre Daniel Huet, en 1670 : « Quand je dis les Orientaux, j'entends les Égyptiens, les Arabes, les Perses, les Indiens et les Syriens », soit par la religion, si l'on s'en réfère à Galland : « Mahométans et païens et idolâtres ». La création par Colbert en 1669 de l'école des Jeunes de langues de Constantinople, ancêtre de l'École des langues orientales (créée en 1795), la traduction d'Antoine Galland (1646-1715) des *Mille et Une Nuits* et sa publication en 1704, « les vingt-huit traductions de contes et d'histoires fabuleuses réalisées entre 1731 et 1753 », recensées par Jean-François Perrin, propagèrent l'intérêt d'un espace où le lecteur se retrouve dans un contexte arabo-musulman, qui le renvoie à l'univers des croisades et à ses multiples légendes, contrepoids à des cultures exclusivement judéo-chrétiennes et gréco-latines. C'est également un espace mouvant où le héros voyage, surmonte des épreuves terribles, associant l'aventure à la pensée philosophique selon la tradition des grands poètes soufis.

C'EST DANS CET ESPACE fécond que se développe le conte oriental à la française dont *Zadig* est un avatar. Voltaire ne souhaite plus en effet reconduire, sous une forme déguisée, la fabrique du conte moral de Perrault ou de Mme d'Aulnoy, mais en dépasser la veine folklorique issue du Moyen Âge et des fabliaux, puis récupérée par les cercles mondains du XVIIᵉ siècle. Il désire dire autre chose autrement.

La découverte du conte oriental lui permet un jeu de miroirs capable par ses reflets multiples de montrer une réalité européenne au travers d'un point de vue faussement étranger bien sûr, sans devoir un tribut à une quelconque morale sociale. Dans *Candide*, Voltaire y puise des bribes de son inspiration. Son imagination désire cependant aller au-delà. D'où ces voyages dans le Nouveau Monde.

Pour approfondir

L'influence anglaise : Jonathan Swift et les utopies

TANT D'AUTRES INFLUENCES traversent l'œuvre que l'on ne saurait les citer toutes. Parmi elles, celle de Jonathan Swift et des *Voyages de Gulliver* (1721) mérite quelques lignes. L'Anglais fait scandale lui aussi tant ses récits fantaisistes - rappelant d'ailleurs plus Cyrano de Bergerac que Voltaire – s'inscrivent dans une logique critique envers la monarchie, la guerre, la religion, les préjugés. Même combat que Voltaire donc, mais méthodes différentes. Swift transporte ses personnages dans des pays imaginaires : les Lilliputiens, les géants, les chevaux qui parlent ; Voltaire quant à lui préfère l'actualité, le monde réel, le terrain en somme, découvrant encore plus ses canons. Certes, les deux chapitres consacrés à El Dorado sont en plein dans la tradition de l'utopie, mais ils sont, comme d'ordinaire chez Voltaire, plutôt des parodies du mythe ou des esquisses de ce que *Candide* aurait pu être. En fait, Voltaire plaide pour l'imaginaire sous ses formes les plus multiples, mais un imaginaire ancré dans une « terra cognita » (une terre connue).

Candide *en devenir*

Le succès

LA RECETTE VOLTAIRIENNE a bien marché, nourrie à ces différentes sources. On l'a dit, le roman-conte se heurte cependant à la censure et à l'interdiction : « Il est surprenant que l'on s'obstine à vouloir inonder le public d'ouvrages aussi pernicieux », déclare l'avocat général. Cette persécution supplémentaire du philosophe voyageur ajoutera sans doute à l'intérêt de sa diffusion, nul dans les cercles éclairés à Paris, Londres, Amsterdam ou Berlin n'étant dupe de l'anonymat de l'auteur.

PARMI ses évolutions les plus notoires, notons que l'œuvre est réimprimée en 1761 par les Cramer, dans la *Seconde Suite des Mélanges*, avec la réécriture du chapitre parisien (chapitre 22), jugé peu convaincant dans son premier jet. À cette occasion, Voltaire invente à l'ensemble une genèse : « Traduit de l'allemand de Mr. le docteur

Ralph », « avec les additions qu'on a trouvées dans la poche du docteur, lorsqu'il mourut à Minden, l'an de grâce 1759 ». Ces termes qui figurent dans certains manuscrits jettent sur le devant de la scène le mystérieux Ralph, né et mort en même temps. Sans consistance au début, celui-ci acquiert au fil des écrits postérieurs de Voltaire plus de crédibilité. Il serait un professeur « assez connu » à Francfort-sur-l'Oder, finirait par n'être plus qu'un prête-nom lui aussi, celui d'un capitaine au régiment de Brunswick, M. Démad, lequel aurait un frère. René Pomeau qui s'est attaché à débrouiller ce point de la mystification met ainsi en évidence l'imagination féconde de Voltaire et son goût pour des créations en chaîne de personnages, bien souvent inutiles d'ailleurs.

D'AUTRES éditions suivent, en 1764 et 1771, sur lesquelles Voltaire ne porte que des corrections à la marge. L'œuvre se stabilise telle que nous pouvons la lire aujourd'hui.

Des réécritures dans tous les genres

PEUT-ON PARLER de ses réécritures ? À vrai dire, une telle entreprise ne mène guère loin dans la mesure où le personnage de Candide ne devient pas une figure mythique comme Dom Juan ou d'Artagnan. Il serait cependant dommage de passer sous silence les adaptations dont *Candide* a été l'objet.

LA PLUS CÉLÈBRE est celle de Leonard Bernstein. *Candide* y devient une comédie musicale ou un opéra-comique. Créée à Boston le 29 octobre 1956, puis présentée à New Heaven et New York (le 1er décembre), un an avant *West Side Story*, l'œuvre est quelque peu boudée par le public new-yorkais et ne sera jouée à Broadway que soixante-treize fois jusqu'en février 1957. Le texte s'oriente dans le sens d'une critique politique de l'optimisme ambiant, du maccarthysme béat et de la société de consommation naissante, transposant ainsi dans l'Amérique des années cinquante la satire voltairienne. Après lui, l'œuvre est modelée plusieurs fois, réécrite jusqu'en 1983, et représentée sur la plupart des grandes scènes

Pour approfondir

L'œuvre : origines et prolongements

mondiales, la France exceptée. Elle est enfin à nouveau réadaptée et présentée en France au théâtre du Châtelet en décembre 2006, dans une étonnante mise en scène du Canadien Robert Carsen. Candide et ses compagnons évoluent à présent dans l'univers de la télévision, du pétrole et des guerres, n'hésitant pas à convoquer les puissants de ce monde, en maillot de bain, image parodique des rois détrônés de Venise. L'œuvre résiste malgré ses travestissements, dénonçant les manipulations politiques dans un joyeux délire et réaffirmant l'obligation de cultiver son jardin, dans un monde menacé d'extinction par les pollutions criminelles des hommes.

LE CINÉMA s'est aussi intéressé à *Candide* avec la comédie dramatique qu'en a tiré Norbert Carbonnaux, *Candide ou l'Optimisme du XXᵉ siècle*, en 1961, avec Jean-Pierre Cassel (Candide) et Pierre Brasseur (Pangloss). L'œuvre y est transposée durant la Seconde Guerre mondiale. Expulsé du château, prisonnier, fugitif poursuivi par la Gestapo, Candide est contraint de partir pour l'Argentine. Le voilà à Paris, Moscou, New York, Bornéo, Alexandrie. Comme le personnage de Voltaire, il se retrouve vieilli à méditer sur ses infortunes et à en tirer la leçon. Critique d'une époque, de la collaboration, des guerres coloniales, du stalinisme et des « opérations de maintien de la paix », l'adaptation respecte l'esprit de l'original.

SIGNALONS aussi des adaptations théâtrales comme celle de Jacques Kraemer et René Loyon en 2003, où les mensonges du langage sont mis en avant, une réécriture romanesque de Leonardo Sciascia (1921-1989), *Candido ou Un rêve fait en Sicile*, en 1978, où Candide promène sa naïveté sur la « combinazione » italienne, et tous ces agissements souterrains qui minent la société. Citons enfin quelques parallélismes qui ont pu être relevés entre l'œuvre de Voltaire et *Barry Lindon*, le film de Stanley Kubrick (1975) dont le début se situe durant la guerre de Sept Ans, au milieu des fifres et des tambourins. On le voit, l'œuvre et le personnage résistent au temps qui passe, revêtent des habits différents, mais gardent sa même force satirique de critique sociale.

L'œuvre : son courant, ses tendances

Voltaire et les Lumières

Le XVIIIe siècle est le Siècle des lumières : Montesquieu, Voltaire, Rousseau, Diderot et les Encyclopédistes y brilleront particulièrement, éclipsant quelque peu les autres talents du moment.

Des principes en grande partie partagés

Les Lumières, comme il est coutumier de les nommer aujourd'hui, ont bénéficié de toute la réflexion du siècle précédent, aussi bien libertine que préphilosophique. Elles ont aussi mené les combats contre les préjugés et les autorités royales, religieuses ou financières. La tradition ne peut à leurs yeux être présentée comme la référence unique, chaque individu pouvant penser par lui-même dès lors qu'il possède une méthode de raisonnement, une éducation. À cette conscience, l'homme éclairé doit ajouter celle de la primauté de l'expérience, de l'empirisme et de l'éducation sur la métaphysique et la religion, facteurs d'erreurs et de rêveries inconsistantes. Qu'il soit déiste ou matérialiste athée, il doit croire essentiellement dans la raison et le savoir. Son intérêt pour le réalisable permettrait ainsi un réel progrès social, un développement économique de la collectivité, et une possibilité de bonheur. Telle est en tout cas l'opinion de Voltaire, que ne partage pas – sur le plan économique du moins – Rousseau.

Un siècle d'engagement

L'engagement politique est une des clés de la pénétration idéologique des Lumières dans la société du XVIIIe siècle et au-delà. Un de ses points forts tient à la dénonciation de l'esclavage, alors que le Code noir sévissait depuis le XVIIe siècle dans les possessions françaises. Montesquieu dès 1748 dans quelques passages de *De l'esprit des lois* (1748) dénonce les contradictions entre le principe de liberté et les lois de l'économie. Bientôt Helvétius, comme on l'a dit, lui emboîte le pas, lorsqu'il écrit dans une note du chapitre III de *De l'esprit* (1758) : « Si l'on suppute le nombre d'hommes qui périt, tant par les

Pour approfondir

guerres que dans la traversée d'Afrique en Amérique ; qu'on y ajoute celui des nègres qui, arrivés à leur destination, deviennent la victime des caprices, de la cupidité et du pouvoir arbitraire d'un maître ; et qu'on joigne à ce nombre celui des citoyens qui périssent par le feu, le naufrage ou le scorbut ; qu'enfin on y ajoute celui des matelots qui meurent pendant leur séjour à Saint Domingue, ou par les maladies affectées à la température particulière de ce climat [...] : on conviendra qu'il n'arrive point de barrique de sucre en Europe qui ne soit teinte de sang humain ». On reconnaît ici l'origine d'une phrase de Voltaire dans l'épisode qu'il consacre au « nègre de Surinam ». Rousseau pour sa part condamnera la pratique énergiquement dans le *Contrat social* tout en faisant l'éloge ailleurs de la République lacédémonienne, à l'économie fondée cependant sur l'esclavage.

Le combat des Lumières l'emportera puisque, en 1793, la Convention en décrétera la suppression. Napoléon le rétablira en 1802 sous la pression des lobbies avant qu'il ne soit définitivement aboli par Victor Schoelcher en 1848.

Voltaire et l'optimisme

Le détournement des leçons philosophiques de Leibniz

On l'a dit, Voltaire s'est intéressé à la pensée de Leibniz au travers des écrits de Wolff. Sa vision de l'optimisme leibnizien est vite devenue dans ses lignes une caricature mettant en avant un optimisme « jusqu'au-boutiste », frisant le ridicule. L'optimiste selon Voltaire – et d'après Leibniz revu – serait conscient que le mal existe sur terre, mais qu'il ne serait que le piment relevant le plat quotidien de la destinée humaine, ces « ombres à un beau tableau ». Alors que, pour Leibniz, l'homme à son échelle ne peut considérer l'« harmonie préétablie », équilibre entre le bien et le mal où toutes les causes s'enchaînent nécessairement pour réaliser le dessein de Dieu, l'harmonie universelle, dans la bouche de Pangloss/Voltaire, le malheur est un bien indispensable. Ainsi, face à l'horrible syphilis qui envahit tout le corps social, faut-il poser en contrepoids l'heureuse découverte du chocolat et de la cochenille. Devant les rapports alarmés

Pour approfondir

de Jacques l'anabaptiste sur l'état guerrier du monde, le philosophe borgne réplique : « Tout cela était indispensable, [...] et les malheurs particuliers font le bien général, de sorte que plus il y a de malheurs particuliers, et plus tout est bien » (chapitre 4).

La critique que Voltaire pose sur Leibniz touche plus généralement toutes les croyances métaphysiques de son temps. D'où vient le mal ? Dieu existe-t-il ? qu'est-ce que l'harmonie ? d'où venons-nous ? quels rapports l'âme entretient-elle avec le corps ? Autant de questions stériles dont les réponses sont avant tout chronophages. Mieux vaut regarder en face le sort des humains tels qu'ils sont. Aussi Candide, le fil rouge du conte, incarne-t-il l'expérience humaine : il connaît en peu de pages la désillusion amoureuse, les revers de la fortune, les trahisons humaines, les injustices de la société, quel que soit le continent sur lequel il évolue. Il rencontre des rois déchus, des riches blasés, des prêtres entremetteurs, des femmes violées, des peuples massacrés. Il observe des mœurs sexuelles nouvelles avant de se retirer avec ses compagnons dans une modeste métairie, exilé volontaire loin de la cour de France, immigré dans un pays mythique, l'Orient, sans doute image de ce qui naît (*orior* : naître, en latin) face à un Occident déclinant par définition (*occido* : tomber, en latin). Puisque le pays de rêve, le pays doré, El Dorado, n'existe pas, puisque aucun système de pensée ne peut répondre aux angoisses des hommes, ne faut-il pas s'habituer à être malheureux en société, ou peut-être un peu moins malheureux à côté de la société si on lui apporte son « travail » ? La pensée spéculative ne mène à rien. Mais, pour le démonter, Voltaire choisit l'arme de l'ironie.

▌ *L'ironie, arme privilégiée contre l'optimisme*

L'enjeu est en effet d'importance : la dénonciation de l'optimisme certes, mais aussi de tous les fanatismes, religieux ou autres, de la guerre, de l'intolérance et de la cruauté, fatalité de la condition humaine que Voltaire conteste. Plutôt que de délivrer un enseignement dogmatique, il dépeint une situation terriblement dramatique avec une pseudo-insouciance, qui donne à ses descriptions et réflexions une allure légère bien opposée à son projet narratif et

Pour approfondir

argumentatif global. Il manie ainsi avec brio l'antiphrase, procédé qui permet de dire le contraire de ce que l'on pense, tout en sachant que le lecteur, devant l'amoncellement des absurdités énoncées, n'est pas dupe. Ce jeu entre auteur et lecteur, commis d'office à faire « la moitié de l'ouvrage », fait tout le sel de *Candide* et lui assure au rayon des textes satiriques une place de choix.

Car le regard de Voltaire sur le monde n'est pas drôle, et c'est ce regard qu'il communique à son lecteur au travers d'un cas d'école sur lequel l'ironie mord. Il en utilise toutes les ficelles : la juxtaposition de deux registres, de deux champs sémantiques, l'alliance contre nature de mots, le mélange des rythmes, le rapprochement de deux réalités, le clin d'œil à une intertextualité, trait de connivence renouvelée avec le lecteur. Car il n'y a d'ironie que dans la complicité ; il n'y a de plaidoyer, lorsque l'ironie en est le fer de lance, que dans l'intégration, la prise en compte du lecteur et de ses capacités déductives dans l'énonciation elle-même. Starobinski en a parfaitement analysé le fonctionnement lorsqu'il évoque dans *Le Remède dans le mal* le style « à double coup » de Voltaire. L'auteur apparaît comme « un écrivain clairvoyant, omniscient et libre », cependant que Candide est « un héros naïf, maladroit, longtemps captif de l'illusion et asservi à la loi des violents », deux positions opposées qui accréditent d'autant plus le pamphlet voltairien.

Le message dérangeant d'un déiste, tenté par l'athéisme

À vrai dire, les idées que Voltaire tente de communiquer sont révolutionnaires. Elles touchent entre autres à la conception de Dieu, à une époque où tout fait débat mais où les pouvoirs religieux continuent à dicter leurs lois et à sanctionner les dissidents.

Interroger le tabou

Or Voltaire désire interroger la notion taboue : le sacré, dans un temps où la métaphysique est à l'honneur. Sa compagne, Mme du Châtelet, en développait naguère les principes devant lui. L'irréductible Voltaire reste sceptique : il aimerait bien croire mais ne peut pas vraiment, peut « de temps en temps » ou différemment. Son esprit

rechigne à penser hors de la réalité, à spéculer sur le peut-être alors que les urgences de l'humain sont là.

Serait-il donc athée pour nier l'implication de Dieu dans sa création, lui qui engage son roman – et conte – en clin d'œil à la Bible, le château de Thunder-ten-tronckh étant parodiquement un paradis terrestre où le fruit défendu est aussi le désir ? Qui est Dieu pour Voltaire ? Sans entrer dans des détails qui intéressent un autre temps, le philosophe des Délices conçoit officiellement la divinité comme le Grand Architecte qui ordonne l'univers, le Grand Horloger. On se souvient de ces vers fameux des *Cabales*, publiés en 1772, soit bien après *Candide* :

« L'univers m'embarrasse, et je ne puis songer / Que cette horloge existe, et n'ait point d'horloger. / Mille abus, je le sais, ont régné dans l'Église : / Fleury le confesseur en parle avec franchise : / J'ai pu de les siffler prendre un peu trop de soin ; / Eh, quel auteur, hélas ne va jamais trop loin ? / De saint Ignace encore on me voit souvent rire / Je crois pourtant un Dieu, puisqu'il faut vous le dire... ».

Croire ou non en l'Horloger

Cela posé, le Dieu de Voltaire n'est pas le dieu chrétien, comme l'écrit si justement René Pomeau (*La Religion de Voltaire*) : « Soudain la révélation de la philosophie anglaise donne corps à la divinité antithétique de dieu chrétien, à ce dieu clément, jusqu'alors assez vague, des joyeux abbés du Temple. Voltaire sait désormais que son dieu est le dieu de Locke, ce dieu montré et démontré par l'ordre du cosmos, qui participe de la majesté froide des arrière-mondes. » Car Voltaire ne peut croire au Dieu terrible de la Bible, ce justicier dont on a si peur mais qui n'agit guère pour supprimer le mal.

Croit-il d'ailleurs davantage au Grand Horloger, lorsqu'il écrit *Candide* ? On peut en douter, tant sa pensée a même du mal à concevoir qu'un horloger puisse à ce point méconnaître les rouages de l'horloge du monde.

Là réside le paradoxe voltairien et notre difficulté à saisir sa vision de Dieu. L'esprit sceptique de Voltaire, attaché au monde tel qu'il est, n'est sûr de rien : il oscille, comme le balancier de l'horloge, entre une volonté et une impossibilité de croire en un dieu organisateur.

Pour approfondir

L'œuvre : son courant, ses tendances

On le surprend même à penser que Dieu est utile... mais pour les autres : « Ce système sublime à l'homme est nécessaire. / C'est le sacré, lien de la société, / Le premier fondement de la sainte équité, / Le frein du scélérat, l'espérance du juste. / Si les cieux, dépouillés de son empreinte auguste, / Pouvaient cesser jamais de le manifester, / Si Dieu n'existait pas, il faudrait l'inventer. / Que le sage l'annonce, et que les rois le craignent. [...] Laissons aux humains la crainte et l'espérance ! », écrit-il (*À l'auteur du livre des trois imposteurs*, 1769, in *Œuvres complètes*, vol. 10, Paris, 1877). Pour les esprits éclairés, Dieu ne serait-il pas, tout bien réfléchi, une invention politique, une nécessité religieuse abrogeant la peur du lendemain et apaisant les souffrances de l'aujourd'hui, une mesure de salubrité publique ? Et, s'il y a un Dieu, pourquoi se mêlerait-il des histoires des hommes ? Autant de questions et de doutes indécents, voire sulfureux, pour les pouvoirs en place, le roi et la reine compris.

Vaincre par la pensée libre

Devant tant de dissidences énoncées, on comprend pourquoi les autorités religieuses eurent tant de réticences à saluer le talent de Voltaire, et firent souvent l'impasse sur certaines de ses œuvres, *Candide* en particulier. Le manuel de J.P.J.A., *Littérature française*, qui, approuvé par Mgr l'évêque de Nantes, « oubliait » les contes voltairiens, connut plus de vingt éditions aux XIXe et XXe siècles. On y lisait : « Un tel philosophe n'est capable d'aucun système ; il ne pose que des données superficielles et contradictoires. Sceptique, léger, railleur, cherchant avant tout son bien-être et sa gloire, il s'occupe plus à détruire qu'à édifier [...]. Voltaire n'a vraiment réussi que dans la lettre et la poésie légère, où le travail est presque un défaut. » La charge est lourde, même si elle est juste sur certains points. Oui, Voltaire était l'ennemi des systèmes, ce qui, aujourd'hui où les grandes idéologies sont moribondes, fonde sa modernité. Quant aux contes, grâce à leur liberté de parole et à leur engagement dans le débat public, ils ont survécu aux jugements de l'obscur J.P.J.A. pour constituer la réussite de Voltaire.

Pour approfondir

Vers le bac

Objet d'étude : les mouvements
et l'histoire littéraire ; le conte,
l'argumentation, les personnages.

À l' **écrit**

**Corpus bac : Le conte philosophique
en question**

TEXTE 1

> Rabelais, **Gargantua**, Prologue, 1534, texte modernisé
> par G. Bechtel, *Gargantua et Pantagruel*, Odej-Presse, 1966.

À quoi tend, à votre avis, ce prélude et coup d'essai ? Vous, mes
bons disciples, et quelques autres fous de loisir, lisant les joyeux
titres de quelques livres de notre invention, comme *Gargantua,
Pantagruel, Fessepinte, la Dignité des braguettes, Des Pois au lard cum
commento*, etc., jugez trop facilement qu'il n'est traité au-dedans
que de moqueries, folâtreries et joyeux mensonges [...]. Mais il
ne convient pas d'estimer avec une telle légèreté les œuvres des
humains. Car vous-mêmes dites que l'habit ne fait pas le moine
[...]. C'est pourquoi il faut ouvrir le livre et soigneusement peser ce
qui y est dit. Alors vous saurez que la drogue dedans contenue est
bien d'autre valeur que ne promettait la boîte, c'est-à-dire que les
matières ici traitées ne sont pas si folâtres que le titre le prétendait.

Et, en admettant qu'au sens littéral vous trouviez matières assez
joyeuses et correspondant bien au nom, toutefois il ne faut pas
demeurer là, comme au chant des Sirènes, mais, selon un sens plus
élevé, interpréter ce que par aventure vous croyiez dit en gaîté de
cœur.

Crochetâtes-vous jamais de bouteilles ? Chienne ! Rappelez-vous
quelle contenance vous aviez ! Mais vîtes-vous jamais un chien
rencontrant quelque os à moelle ? [...] Si vous l'avez vu, vous avez
pu noter de quelle dévotion il le guette, de quel soin il le garde, de
quelle ferveur il le tient, de quelle prudence il l'entame, de quelle
affection il le brise et de quelle diligence il le suce. Qui l'induit à faire
cela ? Quel est l'espoir de son effort ? À quel bien prétend-il ? À rien
de plus qu'un peu de moelle. Il est vrai que ce peu est plus délicieux

que le beaucoup de toutes autres choses, parce que la moelle est un aliment élaboré à perfection de nature.

À son exemple, il vous faut être sages pour fleurer, sentir et estimer ces beaux livres de haute graisse, légers à l'approche et hardis à l'attaque ; puis, par une lecture attentive et une méditation fréquente, rompre l'os et sucer la substantifique moelle.

TEXTE 2

> Jean de La Fontaine, « Le pouvoir des fables », *Les Fables*, VIII, 4.

[...]
Dans Athène[1] autrefois, peuple vain et léger,
Un orateur, voyant sa patrie en danger,
Courut à la tribune ; et d'un art tyrannique,
Voulant forcer les cœurs dans une république,
Il parla fortement sur le commun salut.
On ne l'écoutait pas. L'orateur recourut
À ces figures violentes
Qui savent exciter les âmes les plus lentes :
Il fit parler les morts, tonna, dit ce qu'il put.
Le vent emporta tout, personne ne s'émut ;
L'animal aux têtes frivoles
Étant fait à ces traits, ne daignait l'écouter ;
Tous regardaient ailleurs ; il en vit s'arrêter
À des combats d'enfants, et point à ses paroles.
Que fit le harangueur ? Il prit un autre tour.
« Cérès, commença-t-il, faisait voyage un jour
Avec l'anguille et l'hirondelle ;
Un fleuve les arrête ; et l'anguille en nageant,
Comme l'hirondelle en volant,
Le traversa bientôt. » L'assemblée à l'instant
Cria tout d'une voix : « Et Cérès, que fit-elle ?
– Ce qu'elle fit ? Un prompt courroux
L'anima d'abord contre vous.

1. Licence poétique.

Quoi ? De contes d'enfants son peuple s'embarrasse !
Et du péril qui le menace
Lui seul entre les Grecs il néglige l'effet !
Que ne demandez-vous ce que Philippe fait ! »
À ce reproche l'assemblée,
Par l'apologue réveillée,
Se donne entière à l'orateur :
Un trait de fable en eut l'honneur.

Nous sommes tous d'Athène en ce point, et moi-même,
Au moment que je fais cette moralité,
Si Peau d'âne m'était conté,
J'y prendrais un plaisir extrême.
Le monde est vieux, dit-on : je le crois ; cependant
Il le faut amuser encor comme un enfant.

TEXTE 3

> Voltaire, *Candide*, Chapitre trentième, Conclusion
> (1759).

TEXTE 4

> Bruno Bettelheim, *Psychanalyse des contes de fées*
> (1976), Introduction, Pluriel, Édition Livre de Poche.

Le conte de fées, forme d'art unique

Le conte de fées, tout en divertissant l'enfant, l'éclaire sur lui-même
et favorise le développement de sa personnalité. Il a tant de signifi-
cations à des niveaux différents et enrichit tellement la vie de l'en-
fant qu'aucun autre livre ne peut l'égaler.

J'ai essayé de montrer dans cette étude comment les contes de fées
représentent sous une forme imaginative ce que doit être l'évolu-
tion saine de l'homme et comment ils réussissent à rendre cette
évolution séduisante, pour que l'enfant n'hésite pas à s'y engager.
Ce processus de croissance commence par la résistance aux parents
et la peur de grandir et finit quand le jeune s'est vraiment trouvé,
quand il a atteint l'indépendance psychologique et la maturité

morale et quand, ne voyant plus dans l'autre sexe quelque chose de menaçant ou de démoniaque, il est capable d'établir avec lui des relations positives. En bref, ce livre explique pour quelles raisons les contes de fées contribuent d'une façon importante et positive à la croissance intérieure de l'enfant.

Le plaisir et l'enchantement que nous éprouvons quand nous nous laissons aller à réagir à un conte de fées viennent non pas de la portée psychologique du conte (qui y est pourtant pour quelque chose) mais de ses qualités littéraires. Les contes sont en eux-mêmes des œuvres d'art. S'ils n'en étaient pas, ils n'auraient pas un tel impact psychologique sur l'enfant.

Ils sont uniques, non seulement en tant que forme de littérature, mais comme œuvres d'art qui sont plus que toutes les autres totalement comprises par l'enfant comme toute production artistique, le sens le plus profond du conte est différent pour chaque individu, et différent pour la même personne à certaines époques de sa vie. L'enfant saisira des significations variées du même conte selon ses intérêts et ses besoins du moment. Lorsqu'il en aura l'occasion, il reviendra au même conte quand il sera prêt à en élargir les significations déjà perçues ou à les remplacer par d'autres.

En tant qu'œuvres d'art, les contes de fées présentent de nombreux aspects qui vaudraient d'être explorés en dehors de leur signification et de leur portée psychologique, qui font l'objet de ce livre. Notre héritage culturel, par exemple, trouve son expression dans les contes de fées et il est transmis à l'esprit de l'enfant par son intermédiaire. Un autre livre pourrait étudier en détail la contribution unique que les contes de fées peuvent apporter et apportent effectivement à l'éducation morale de l'enfant, sujet qui n'est qu'effleuré dans les pages qui vont suivre.

Les folkloristes abordent les contes de fées sous l'angle de leur discipline ; les linguistes et les critiques littéraires examinent leur signification pour d'autres raisons. Il est intéressant de noter, par exemple, que certains voient dans le thème du Petit Chaperon rouge avalé par le loup le thème de la nuit absorbant le jour, de la lune éclipsant le soleil, de l'hiver remplaçant les saisons chaudes, du dieu avalant la victime propitiatoire, etc. Aussi intéressantes que puissent être ces interprétations, elles n'apportent pas grand-chose aux parents et aux éducateurs qui veulent connaître le sens qu'un conte de fées

peut avoir pour l'enfant dont l'expérience, après tout, est bien éloignée d'une explication du monde fondée sur des concepts où interviennent la nature et les déités.

Les contes de fées abondent également en thèmes religieux ; de nombreuses histoires bibliques sont de la même nature qu'eux. Les associations conscientes et inconscientes qu'évoquent les contes de fées dans l'esprit de l'auditeur dépendent de son cadre général de référence et de ses préoccupations personnelles. Les personnes religieuses trouveront donc en eux des éléments d'importance dont il ne sera pas question ici.

SUJET

a. Question préliminaire (sur 4 points)

Quelles images dominantes du conte en général, et du conte philosophique en particulier, se dégagent de l'ensemble de ces textes ? Vous vous appuierez sur des références précises aux textes.

b. Travaux d'écriture (sur 16 points) – au choix

Sujet 1. Commentaire.

Vous ferez le commentaire du texte 2. Vous en ferez ressortir l'originalité de forme ainsi que les ressorts les plus forts de l'argumentation.

Sujet 2. Dissertation.

Définissez le genre littéraire qu'on a désigné sous le terme de « conte philosophique ». Dans quel contexte se développe-t-il ? Quelles sont ses visées et ses limites à votre avis ? Vous vous appuierez, entre autres, sur les textes du corpus pour développer votre réflexion.

Sujet 3. Écriture d'invention.

Rédigez le discours de justification que Voltaire pourrait envoyer à Jean-Jacques Rousseau pour défendre son choix du conte philosophique. Vous soignerez plus particulièrement l'argumentation en devançant les critiques que le philosophe pourrait lui faire.

Documentation et compléments d'analyse sur :
www.petitsclassiqueslarousse.com

Vers le bac

Vers le bac

Objet d'étude : l'argumentation : convaincre, persuader, délibérer.

Perspective d'étude : le Siècle des lumières ; connaissance des genres et des registres

Chapitre sixième : « Comment on fit un bel auto-da-fé pour empêcher les tremblements de terre, et comment Candide fut fessé ».

Sujet : Le chapitre 6 est-il exemplaire du projet critique de Voltaire ?

RAPPEL

Une lecture analytique peut suivre les étapes suivantes :
I. **Mise en situation du passage, puis lecture à haute voix**
II. **Projet de lecture**
III. **Composition du passage**
IV. **Analyse du passage**
V. **Conclusion – remarques à regrouper un jour d'oral en fonction de la question posée.**

I. Situation de la scène

L'amoureux de Mlle Cunégonde, Candide, a parcouru un long chemin depuis le coup de pied au derrière que lui a donné le baron du château de Thunder-ten-tronckh. Enrôlé contre son gré par des sergents recruteurs pour le roi des Bulgares, dégoûté par les tueries, il s'est enfui en Hollande où Jacques, « un charitable anabaptiste », l'a secouru. Il y a retrouvé le tenant de l'optimisme, le philosophe Pangloss, défiguré par une maladie vénérienne. Ensemble, ils affrontent les mers jusqu'à Lisbonne au moment où le tremblement de

terre détruit les trois quarts de la ville. Pour un mot de trop, les voilà à présent arrêtés par l'Inquisition portugaise, une juridiction moyenâgeuse destinée à contrôler l'orthodoxie de la pensée humaine.

Le chapitre proposé est un des plus courts du récit voltairien. Au travers du temps, il a cependant montré sa puissance par la vive satire qu'il ose sur le ton iconoclaste de l'ironie. Cette modalité d'expression, par l'implicite qu'elle véhicule, tisse un lien très particulier entre le narrateur et le lecteur. Omniprésente depuis le début du conte, elle atteint ici son apogée dans la présentation d'un autodafé où la condamnation des hérétiques par l'Inquisition à faire acte de foi prend soudain des allures de cérémonie joyeuse et rythmée. Sous l'ironie, la critique religieuse et politique éclate avec d'autant plus de violence que la brièveté du chapitre est sans appel.

II. Projet de lecture

Dénoncer l'Inquisition et ses pratiques

Le chapitre proposé est à lui seul une étude de cas. Voltaire y fait état d'une question que se posent les hommes – comment peut-on empêcher les catastrophes naturelles ? – et analyse les solutions dans la Lisbonne du XVIIIe siècle, dominée par l'Inquisition.

Pour les religieux, appelés aussi les « sages » de Coïmbre, le tremblement de terre qui secoue la ville serait envoyé par Dieu pour punir les hommes d'une impiété dans laquelle ils vivraient. L'épisode rappelle la peste dont les dieux de l'Olympe accablent Thèbes et où Œdipe, sans le savoir, a épousé la reine Jocaste après avoir tué le roi Laïos, tous deux étant en fait sa mère et son père. Il renvoie aussi à la Bible où Moïse, après avoir reçu les dix commandements, redescend de la montagne sacrée vers la vallée et s'aperçoit qu'en son absence le peuple élu a adoré le veau d'or et s'est souillé aux sources de l'orgie et du paganisme. Une même question se pose dans ces trois cas : comment expulser le mal, afin que Dieu pardonne aux hommes ?

La réponse est à chaque fois la même : il faut punir les coupables ou, à défaut, trouver des coupables, sortes de boucs émissaires que l'on sacrifiera pour le bien public. À Lisbonne, rien de plus facile : les coupables sont les hérétiques selon les normes de l'Inquisition. Sitôt la terre purifiée par leur expulsion, Dieu, reconnaissant, cesserait de punir les hommes.

Tels seraient la pensée et le projet des Inquisiteurs portugais dont Voltaire souligne la barbarie et l'obscurantisme. Dans *Candide*, cinq malheureux font les frais de l'affaire. Les « sages » les brûleront vifs, les pendront, les fesseront au terme d'une cérémonie d'exorcisme où, une fois l'impureté chassée, la communauté, laïque et religieuse, retrouvera son unité et son calme.

Confronté à des chefs d'accusation étrangers à la réalité d'un séisme, Voltaire dénonce le système inquisitoire, démontre que la souillure et le mal ne sont pas du côté des punis mais des juges, emblèmes de la sauvagerie humaine et du pouvoir criminel de la religion.

Mais comment développer une telle démonstration sans l'alourdir de propos érudits ? Il choisit le récit ironique, promenant le regard naïf de Candide sur un monde en folie.

De l'ironie de la description à la polémique philosophique : le choix du conte philosophique

D'entrée de jeu, le titre du chapitre prête à sourire tant son expression nonchalante tranche sur son contenu : le récit des supplices. L'analyse du texte devra donc montrer comment, à partir d'un parti pris d'écriture où l'ironie domine, Voltaire arrive à dénoncer de façon structurée et efficace une pratique venue du fond des âges.

On s'intéressera donc plus particulièrement au trajet argumentatif ainsi qu'aux moyens discursifs convoqués par Voltaire pour protester et polémiquer. À partir d'une situation paréelle, d'un personnage porte-parole, la voix de l'auteur se fait entendre, en sourdine – on dirait aujourd'hui en voix off –, soulignant délicatement l'absurdité des pratiques religieuses et la problématique suscitée par une situation scandaleuse. L'art du commentaire et sa difficulté reviendront donc à déterminer comment, par quel truchement stylistique cette voix off s'exprime et ce qu'elle veut dire in fine. Le choix retenu du conte philosophique s'en trouvera ainsi cautionné, en même temps qu'apparaîtra plus clairement l'inventivité du genre.

III. Composition du passage

Le court chapitre présente quatre paragraphes dont le dernier est une transition.

– Premier paragraphe : rappel du contexte et mention du remède ;

– Deuxième paragraphe : exposé des motifs, mise en scène et exécution de la sentence ;
– Troisième paragraphe : réflexions de Candide ;
– Quatrième paragraphe : transition vers le chapitre septième.

IV. Analyse du passage

1. Le récit des faits

La situation d'énonciation choisie pour cette page mérite qu'on s'y attarde. D'emblée, dès le premier paragraphe, le narrateur se place au-dessus de la mêlée. Il connaît ce que pensent les « sages du pays », clarifie leur projet, rappelant les faits et discussions qui auraient précédé le texte. Notons le plus-que-parfait « n'avaient pas trouvé » (l. 2), en même temps que le présent de l'indicatif « est » (l. 6), rappelant au lecteur une vérité passant à Lisbonne pour acquise une fois pour toutes.

On remarquera aussi que l'Inquisition n'est pas nommée en tant que telle dans ce chapitre : Voltaire joue sur les connaissances du lecteur, en « anonymant » les pouvoirs juridiques et religieux par le recours à la tournure passive [« il était décidé » (l. 4)], au pronom indéfini « on » (l. 8, 10, 15, 22). Parallèlement, les criminels sont présentés dans toute la passivité requise : « ils furent menés... revêtus... brûlés... Candide fut fessé... ». On peut donc remarquer que le récit se développe rapidement sans trop de détails superflus, sans analyse psychologique des bourreaux ou des victimes. Voltaire établit des faits, notés par le passé simple. Il termine son récit avec le paragraphe 2 par une dernière notation : « le même jour la terre trembla » (l. 24). Cette apparence simplicité pastichée de faux procès-verbal de police ne trompe personne. L'art de raconter permet de détourner la narration vers un autre projet : la polémique des usages de l'Inquisition.

2. Les armes de l'argumentation voltairienne

Voltaire n'est pas l'historien officiel à la solde de la Sainte Inquisition. Son récit est en revanche un modèle de ce que l'on va désormais appeler l'ironie voltairienne. Ce type d'ironie n'est pas, malgré l'intérêt que l'auteur porte à l'Angleterre, une variante de l'humour britannique, pas même de l'humour noir. C'est une arme polémique à part entière que Voltaire met au service du conte philosophique

pour affirmer, dénoncer, se moquer. Son ironie se lit à deux niveaux : verbal et non verbal.

L'ironie verbale use dans ce chapitre des figures de l'antiphrase [« n'avait pas trouvé un moyen plus efficace ... » (l. 2-3)], de l'opposition de termes [« bel / autodafé » - petit feu / grande cérémonie » (l. 5)], du balancement absurde [« l'un pour avoir parlé, l'autre pour avoir écouté » (l. 11-12)], de la périphrase [de la prison (l. 13-14)], de l'accumulation [« épouvanté, interdit, éperdu, tout sanglant, tout palpitant (l. 26)]. À ces figures, on peut joindre l'art voltairien de la dérision [« on orna leur tête » (l. 15), « Candide fut fessé en cadence » (l. 21),] de la banalisation [« quelques personnes brûlées » (l. 5)], et de la fausse naïveté (le discours de Candide).

Quant à l'ironie non verbale, elle met en scène les jeux de l'intertextualité. Voltaire n'arrive pas sur un terrain vierge lorsqu'il écrit *Candide*. Son lecteur connaît ses positions, connaît l'histoire de l'Inquisition, sait que la bataille pour plus de liberté et de tolérance est engagée. De ce fait, les clins d'œil caricaturaux du philosophe portent plus loin que leurs simples expressions. Ils déclenchent un renvoi à un hors texte, à une bataille non seulement philosophique mais politique, à une relation supposée entre l'auteur et le lecteur.

Qui ne décode en effet l'implicite de ce texte, procédé argumentatif privilégié entre tous par Voltaire ? Outre le fait déjà mentionné que l'Inquisition non citée est clairement identifiée par les « sages de Coïmbre », que les « ils » et les « on », faussement cryptés, renvoient à un pouvoir religieux qui se confond avec un régime policier, les pratiques nommées sans être explicitées des san-benito, des mitres décorées de diables griffus dont les symboles renvoient à des degrés de supplices, la conclusion sans appel du paragraphe 2, dénonçant les prétentions des sages du paragraphe 1 et leurs promesses de purification, n'ont pas besoin de longs commentaires de l'auteur pour signifier : le lecteur, qui possède à présent toutes les pièces du dossier, ne peut que conclure comme Voltaire l'y invite.

3. La critique de la religion, du mal et de l'optimisme leibnizien

Et il conclut à une parodie de jugement, de cérémonie d'exorcisme en même temps qu'il perçoit, par la banalisation de l'horrible, combien une institution religieuse peut être un moteur du mal qui traverse le monde. Car Voltaire dénonce aussi bien les interdits

alimentaires catholiques, les arbitraires de l'Inquisition, les violences terribles faites aux hommes que les prétextes avancés pour justifier une répression policière ou une mesure de salut public. Ce sont tous les systèmes de pouvoirs que le philosophe interroge en en montrant l'arbitraire, la cruauté, l'auto-justification, la surenchère démagogique. Comment un être censé pourrait-il croire qu'une pendaison pourrait arrêter un tremblement de terre ?

Tant d'absurdités sociales le mènent aussi à une critique de l'optimisme leibnizien. Candide, meurtri, tremble de tous ses membres lorsqu'il s'exprime dans le paragraphe 3. Ses sentiments de doute, et de frayeur, se lisent dans une ponctuation émotive où abondent les points d'exclamation mais qui s'engage par un point d'interrogation. Face aux preuves tirées de l'expérience, que valent les discours de l'optimisme ?

V. Conclusion

En conclusion, on pourra rappeler que ce chapitre est exemplaire de l'art du conte voltairien, par son message militant, sa tonalité ironique mais aussi par sa composition : une accroche forte, une démonstration par l'exemple, une conclusion au discours direct qui, mieux qu'une morale de fable, transmet le ressenti d'un personnage majeur, porte-parole de l'auteur, et une transition au dernier paragraphe qui, reliant le conte voltairien au genre des *Mille et Une Nuits*, pousse le lecteur à tourner la page, attiré par une nouvelle surprise.

AUTRES SUJETS TYPES

• **Chapitre 8** : *Le récit emboîté, principe et fonction (le récit, genres et registres).*

• **Chapitre 18** : *L'utopie de l'El Dorado (l'apologue ; genres et registres).*

• **Chapitre 30** : *Le jardin de Candide est-il un enfermement ou une ouverture ? (le Siècle des lumières).*

Documentation et compléments d'analyse sur :
www.petitsclassiqueslarousse.com

Vers le bac

Outils de lecture

Actant
Tout élément animé ou non qui, dans une histoire, influe sur l'action. Un actant peut être un personnage, un groupe de personnages ou une idée. Les actants d'une même action forment un système ou un schéma dit « actantiel ».

Antiphrase
Fondée sur l'ironie, elle consiste à dire le contraire de ce que l'on pense.

Antithèse
Opposition de deux mots.

Apologue
Court récit en vers ou en prose dont on tire une morale.

Argumentatif (discours)
Se caractérise par un raisonnement fondé sur la démonstration, sur des arguments logiques étayés par des preuves ou des exemples, l'utilisation de techniques de persuasion (l'implicite, la connotation, l'ironie, l'antiphrase...), le vocabulaire du savoir, du raisonnement et du jugement.

Burlesque (registre)
Registre comique fondé sur l'outrance, la trivialité, l'extravagance.

Dialectique
Suite de raisonnements rigoureux, souvent dialogués, destinés à persuader ou à convaincre autrui.

Didactique (registre)
Caractérisé par l'emploi d'une argumentation serrée nourrie d'exemples, ce registre vise à instruire.

Énonciation
Acte de production d'un énoncé.

Ironie
Voir les clefs de lecture du chapitre 6.

Manichéisme
Conception d'un monde partagé entre le bien et le mal.

Métaphore
Procédé où l'on substitue un terme à un autre pour produire une image.

Modalisateur
Adverbe, verbe ou terme renforçant ou atténuant un point de vue.

Mode d'énonciation
Pour produire un énoncé, le narrateur (locuteur) dispose de deux systèmes : le discours ou le récit. Par le discours, il s'exprime directement et a recours au « je » et au présent dit « d'énonciation ». Par le récit, il raconte une histoire marquée principalement par les pronoms de 3e personne et le système imparfait/passé simple.

Monologue
Faux dialogue argumentatif où le personnage se parle à lui-même pour faire le point sur une question qui le soucie.

Pamphlet
Écrit violent de type satirique
contre une personne,
un groupe ou une institution.

Parodie
Imitation burlesque d'un texte.

Pastiche
Contrefaçon affichée d'un style
ou d'un auteur.

Pathétique (registre)
Il cherche à susciter
l'émotion et la compassion
par la description de scènes
édifiantes, la mise sur scène
de personnages inspirant la pitié.
Privilégiant le vocabulaire
des sentiments et de la douleur,
il s'adresse surtout à la sensibilité
du spectateur.

Périphrase
Consiste à employer plusieurs
termes au lieu d'un seul pour
désigner ou qualifier une
personne ou une chose.

Personnage
Être fictif, il peut être
un individu, avec des traits
physiques distinctifs,
un rôle plus ou moins codé
(l'amoureux, le méchant...),
un actant (sujet, objet...).

Polémique (registre)
Registre d'un discours destiné
à attaquer une position
intellectuelle ou un homme.
Volontiers satirique, il s'appuie
sur toute forme d'argumentation
et de rhétorique pour servir
sa cause.

Satire
Critique sociale, politique, etc.
par la moquerie.

Schéma actantiel
Il permet d'analyser l'action
au travers d'un dessin où
les différentes forces agissant
sur l'action, les actants, ont
leur place. Selon ce schéma,
un sujet, à l'origine de l'action,
recherche un objet (personne
ou valeur morale). Il est aidé
dans sa quête par des adjuvants
et entravé par des opposants.
Stimulé par un destinateur,
il accomplit son action pour
un destinataire qui peut être
lui-même.

Situation d'énonciation
Situation dans laquelle
le narrateur (celui qui s'exprime)
s'adresse à un destinataire
(personne à qui est destiné
l'énoncé). Pour la déterminer,
on doit se poser les questions
de : qui parle ? à qui ? où ?
quand ?

Tragique (registre)
Se définit par un niveau
de langage soutenu,
les champs lexicaux
de la fatalité, de la nécessité,
de la faute, de la séparation,
de l'amour et de la mort.

Utopie
Construction d'un monde
imaginaire, présenté comme
parfait dans son organisation
et ses relations sociales.

Bibliographie et filmographie

Édition

- *Candide ou l'Optimisme*, édition critique de R. Pomeau, Nizet, 1979.
- *Œuvres complètes*, éd. Garnier.
- *Romans et contes*, édition de F. Deloffre et J. Van den Heuvel, Gallimard, Bibliothèque de la Pléiade, 1979.
- *Candide ou l'Optimisme*, édition de J. Goldzink, Magnard, 1985.

Ouvrages et articles généraux

- R. Barthes, Préface à *Voltaire, Romans et contes*, Seuil, 1964.
- Y. Belaval, « Le conte philosophique », in *The Age of the Enlightment. Studies presented to Theodore Besterman*, Édimbourg/Londres, 1967.
- A. Chraïbi, « Les à-côtés du récit ou l'enchâssement à l'orientale », *Poétique* n° 117, févr. 1999, p. 1-14.
- H. Coulet, *Le Roman jusqu'à la Révolution*, Armand Colin, nouvelle édition, 2000.
- A. Galland, *Contes et Fables indiennes*, Préface, Paris, 1724.
- J. Goldzink, *Voltaire ou la légende de saint Arouet*, coll. Découvertes, Gallimard, 1989.
- Ph. Hamon, *L'Ironie littéraire*, Hachette, 1996
- G. Lanson, *Voltaire*, 1906.
- J. Orieux, *Voltaire ou la royauté de l'esprit*, Flammarion, 1966.
- J.-F. Perrin, « L'invention d'un genre littéraire au XVIIIe siècle, Le conte oriental », *Féeries* n° 1, 2004-2005, p. 9-27.
- A. Petitjean, « Approches du conte philosophique à partir de l'exemple de *Candide* », *Pratiques* n° 59, sept. 1988.
- R. Pomeau, *Politique de Voltaire*, Paris, 1963 ; *La Religion de Voltaire*, Paris, 1969.
- R. Pomeau et coll., *Voltaire en son temps* (5 vol.), *Studies on Voltaire*, Oxford, 1994.
- J. Starobinski, « Sur le style philosophique de Candide », *Comparative Literature*, vol. 28, 1976, n° 3.

- J. Van den Heuvel, *Voltaire dans ses contes*, Armand Colin, 1967.

Études sur Candide

- J.-M. Apostolidès, « Le système des échanges dans Candide », *Poétique*, n° 48, 1981.
- S. Le Ménahèze, *Candide de Voltaire*, coll. « L'œuvre au clair », Bordas, 2003.
- A. Magnan, *Candide ou l'Optimisme*, coll. « Études littéraires », PUF, 1987.

Adaptations théâtrales et filmiques

- *Candide ou l'Optimisme du xxᵉ siècle*, 1961, film de Norbert Carbonnaux avec Jean-Pierre Cassel (Candide) et Pierre Brasseur (Pangloss).
- *Candide*, téléfilm de Pierre Cardinal, 1962.
- *Candide*, de Leonard Bernstein, 1956. Opéra-comique en deux actes créé à Broadway.
- *Candide ou l'Optimisme*, adaptation théâtrale de Jacques Kraemer et René Loyon, mise en scène de René Loyon avec Nicolas Dufour et Virgil Mergnat, 2003.
- *Candide*, de Leonard Bernstein, 2006. Opéra-comique en deux actes, mise en scène de Robert Carsen, théâtre du Châtelet, avec Robert Wilson (Pangloss).

Sites internet

- L'œuvre originale en ligne : http://www.voltaire-integral.com/
- Sur la bibliothèque de Voltaire à Saint-Pétersbourg : http://gallica.bnf.fr/Voltaire

Crédits photographiques

Direction de la collection : Carine Girac MARINIER

Direction éditoriale : Claude NIMMO

Édition : Marie-Hélène CHRISTENSEN

Lecture-correction : service lecture-correction LAROUSSE

Recherche iconographique : Valérie PERRIN, Marie-Annick REVEILLON

Direction artistique : Uli MEINDL

Couverture et maquette intérieure : Serge CORTESI, Sylvie SÉNÉCHAL, Uli MEINDL

Responsable de fabrication : Marlène DELBEKEN

Photocomposition : CGI

Impression : La Tipografica Varese S.p.A. (Italie)

Dépôt légal : Mai 2007 – 06/306866

N° Projet : 11029158 – Juin 2014